Série « Moyen Age »
dirigée
par Danielle RÉGNIER-BOHLER

Série « Moyen Age »
Dirigée par Danielle Régnier-Bohler

LES QUINZE JOIES
DE MARIAGE

Les Quinze Joies de mariage

Traduit et présenté
par
Monique SANTUCCI

Publié avec le concours
du Centre National des Lettres

Stock/Moyen Âge

COUVERTURE : *Les Évangiles des Quenouilles,* manuscrit n° 654/1572, musée Condé, Chantilly.
ILLUSTRATIONS IN TEXTE : *Incunables,* seconde moitié xv° siècle (réserve B.N.)

Si vous souhaitez être tenu au courant de la publication de nos ouvrages, il vous suffira d'en faire la demande aux Éditions STOCK, 14, rue de l'Ancienne-Comédie, 75006 Paris. Vous recevrez alors, sans aucun engagement de votre part, le bulletin où sont régulièrement présentées nos nouveautés que vous trouverez chez votre libraire.

Introduction

« Une énigme d'histoire littéraire, l'auteur des *Quinze Joyes de mariage* », tel est le titre que Pierre Louÿs donnait, en 1903, à l'un de ses articles. En 1985, le titre pourrait être repris. En effet, la date de composition, le nom et la personnalité de l'auteur, et même la signification profonde de l'ouvrage [1] posent encore bien des problèmes et ne font pas l'unanimité des critiques.

La date de composition est incertaine et elle a donné lieu à beaucoup de discussions. Cependant, l'allusion à une bataille de Flandres (IV), identifiée à bon droit avec la bataille de Roosebeke, ne permet pas de faire remonter la composition plus haut que 1382. Les allusions à la guerre contre les Anglais renvoient évidemment à la guerre de Cent ans, mais d'une manière assez vague. Le mari de la douzième joie qui, pour éviter d'être fait prisonnier et mis à rançon, se réfugie dans un château fortifié, évoque pour nous l'une de ces grandes chevauchées anglaises qui se sont reproduites plus d'une fois, durant cette longue et pénible période, mais sans encore imposer une date précise.

La captivité du mari outre-mer, dans la treizième joie, peut être un souvenir du désastre de Nicopolis, en 1396, qui marqua longtemps et fortement les esprits, parce que les Turcs retinrent captifs beaucoup de chevaliers.

Pierre Louÿs avait cru que le titre de « dauphin de Viennois » (V) n'était plus employé après le xiv᷊ siècle, mais on sait maintenant qu'il a été porté jusqu'à l'avènement de Louis XI. Encore un élément qui ne dissipe pas nos incertitudes.

Restent les allusions au vin et à certains détails vestimentaires. La robe avec de grandes manches et un capuchon en forme de cruche daterait, selon Viollet-le-Duc, du début du xv᷊ siècle. Enfin J. Monfrin a démontré que le vin de pineau (V), apparu en 1375, se répand, dans les premières années du xv᷊ siècle. Compte tenu de ces éléments, on peut situer la date de composition des *Quinze Joies* approximativement au début du xv᷊ siècle.

Pas plus que la date de composition, nous ne pouvons avancer avec certitude le nom de l'auteur. Sans doute, à la fin de l'ouvrage, huit vers énigmatiques prétendent-ils nous donner le nom de cette voix masculine. Pour résoudre cette charade, on a dépensé des trésors d'imagination, sans aboutir à une solution qui ferait l'unanimité. Voici quelques noms proposés : Lemonde d'Essé, Abel Lemende de Mers, le sieur de Bellesme, Bellemère, évêque d'Avignon et canoniste (1337-1407), l'abbé de Samer Pierre II, Jean Wauquelin, Simon de Hesdin, Le Mercier, Clermont (Jean II, duc de Bourbon) ; le nom d'Antoine de La Sale a été plusieurs fois avancé lui aussi, mais beaucoup d'arguments qu'il est inutile de rappeler ici ruinent cette hypothèse. Jean Batany proposait récemment Lorson. Quant à l'éditeur des *Quinze Joies,* il avait auparavant proposé de lire « de Lers », nom de famille attesté au xv᷊ siècle dans l'ouest du Berry. Or, dans le prologue, le terme de « borgne » pour désigner la nasse est justement un terme propre à l'Ouest : il appartenait à la langue du pêcheur vendéen. L'étude de quelques traits de vocabulaire et de certaines graphies donnerait comme origine à notre mystérieux auteur le nord du Poitou [2].

Si son nom demeure énigmatique, pouvons-nous au

moins connaître son « état », sa condition ? Il n'est pas marié, comme il l'affirme dans son prologue, parce que, ajoute-t-il, « il a plu à Dieu de le mettre en un autre servage ». Et Jean Rychner de conclure : « C'est à coup sûr le noble privilège et état de clerc. » Mais était-il un clerc à simple tonsure qui aurait été officier de justice ou notaire ? un prêtre du clergé séculier, chargé d'une paroisse ? un moine appartenant au clergé régulier ? Il aurait certes pu être un clerc à simple tonsure : on sait en effet que, dans ce cas, parce qu'il n'avait pas reçu les ordres majeurs, il pouvait se marier, mais il n'avait plus le droit d'épouser une veuve ou de se remarier après son veuvage ; s'il transgressait ces interdits, il était taxé de « bigamie » et il perdait tous les avantages financiers et judiciaires liés à son appartenance au clergé. Dès lors, il pouvait se sentir esclave et se lamenter, comme Matheolus [3] (fin du XIIIᵉ siècle) « sur le lien du mariage non desnouable ». Toutefois, la déclaration du prologue pourrait bien être la signature d'un homme qui aurait un jour choisi d'entrer dans un couvent. Assurément, son attitude hostile vis-à-vis des cordeliers et des jacobins (VII et XV) laisse supposer qu'il n'est ni franciscain ni dominicain. Mais d'autres ordres existent. En effet, saint Benoît appelait, dans une de ses règles, « *servus* », esclave, celui qui avait décidé de prononcer des vœux perpétuels. Souvenons-nous encore d'Hélinand de Froidmont qui, à la fin du XIIᵉ siècle, décide de se retirer du monde pour expier ses péchés et choisit d'entrer dans une abbaye cistercienne. « Mort », dit-il au début de ses *Vers de la mort* [4], tu « m'as mis muer en mue », tu m'as mis pour muer, pour me transformer, en « mue », en cage. Hélinand a donc conscience d'être entré de lui-même dans une prison. L'« autre servage » dans lequel il a plu à Dieu de mettre notre auteur serait la vie au couvent, aussi privée de libertés que la vie conjugale.

Son « état », en tout cas, lui a permis de connaître les « joies » du mariage au travers des confessions et des confidences. *Les Quinze Joies* sont l'œuvre d'un homme mûr, doué d'un grand sens de l'observation et surtout très épris de liberté. Issu sans doute de la bourgeoisie, il n'hésite pas dans son prologue à rappeler aux nobles que « la logique voudrait qu'ils accordassent au peuple la liberté qu'ils ont revendiquée pour eux, car il n'est pas équitable d'avoir un droit pour soi et un autre pour son voisin ». On croirait entendre le moine moraliste Hélinand de Froidmont qui prenait le parti des opprimés, dénonçant ceux qui, par des tailles se livrent à des abus et tourmentent les pauvres gens (strophe XL).

Notre auteur possède une certaine culture profane et religieuse. La littérature grecque survit à travers les noms de Priam et d'Hector (XIII), la Bible, à travers ceux de Jacob et de son fils Joseph (XIII). Il semble se souvenir indirectement de la *Satire* VI de Juvénal [5]. Plusieurs ouvrages médiévaux l'ont inspiré en vérité : le *Miroir de mariage* [6] d'Eustache Deschamps, peut-être, s'il est antérieur aux *Quinze Joies de mariage,* certainement *Les Lamentations de Matheolus* traduites du latin par Le Fèvre de Ressons, au XIVᵉ siècle [7], et le *Livre du Chevalier de la Tour Landry.*

A plus d'un titre, comme le prouvent les notes de l'édition de J. Rychner, mérite de figurer parmi les sources des *Quinze Joies* le *Roman de la Rose* de Jean de Meung [8] (XIIIᵉ siècle). Ce dernier s'attache à démontrer que l'homme ne sait pas garder la liberté que Nature lui donne. C'est lui qui, dans le fameux discours de la Vieille, compare aux poissons pris dans une « nasse » ceux qui pleurent sur leur liberté perdue et qui se repentent d'être entrés dans un couvent. Cet ouvrage, sorte de débat sur l'amour, a donné lieu à maints commentaires : on y a vu ou bien un traité sur l'art de réussir en amour, ou bien une attaque contre la chasteté, ou bien une exaltation de la luxure et de la passion sensuelle. Il est vrai que l'auteur aborde beaucoup de sujets : les vertus et les défauts des femmes, les avantages et les inconvénients du mariage, la question du célibat des hommes d'Église, etc. Le *Roman de la Rose* laisse entrevoir, à l'époque, l'existence de certains conflits, la remise en question de la chasteté, de la fidélité et du mariage qui condamnerait l'homme à l'esclavage. Il suscita de vives réactions : Gerson en condamna l'immoralité et Christine de Pisan (1365-1431) en dénonça l'antiféminisme. La controverse se poursuivra au XVᵉ siècle et encore au XVIᵉ siècle. En tout cas, les rapprochements entre les deux œuvres ne sauraient diminuer l'originalité des *Quinze Joies,* et surtout de son auteur.

C'est en se référant aux *Joies de la Vierge* et en parodiant le nom de ces prières que l'auteur a choisi son titre prometteur, mais surtout trompeur. *Les Quinze Joies de mariage* en effet ouvrent devant nous l'enfer de la vie conjugale. L'auteur veut montrer à ceux qui souhaiteraient se marier qu'inévitablement ils connaîtront, un jour ou l'autre, au moins l'une de ces «joies», d'où son insistance à indiquer au passage toutes les éventualités.

Les Quinze Joies de mariage s'insèrent dans un courant antimatrimonial mais, contrairement à beaucoup d'autres ouvrages de cette veine, elles ne débouchent ni sur une condamnation sans appel du mariage ni sur une satire sans nuance de la femme. Sans doute l'auteur a-t-il repris plusieurs lieux communs de l'antiféminisme : on y croise plus d'un mari victime et bafoué par une femme irascible, insatiable, prête à tout pour assouvir ses goûts de luxe, mais l'auteur ne manque pas de mettre en lumière les talents des femmes qui, par leurs ruses, leur art de manier le langage, d'user et d'abuser des serments, parviennent à l'emporter sur des hommes, détenteurs au départ de la force et du pouvoir. Sans solliciter le texte, on peut même découvrir dans les *Quinze Joies de mariage* un véritable catéchisme amoral à l'usage des femmes. D'un autre côté, l'auteur ne compose pas son livre pour détourner ses lecteurs du mariage et les inciter, par exemple, à choisir la vie monacale ou érémitique. Les hommes, à ses yeux, n'ont pas tort de se marier [9], il l'a dit et répété ; ils peuvent même connaître des moments de bonheur mais combien sont éphémères les joies de mariage ! Quel drame attend ceux qui, après avoir choisi de vivre ensemble, et même après avoir connu l'un par l'autre des plaisirs indéniables, sont condamnés, en vertu des lois sociales et religieuses, à finir leurs jours sous le même toit, alors que la brouille s'est installée ! C'est contre cette « nasse » définitivement fermée qui cause le malheur de l'homme comme de la femme, à des degrés différents il est vrai, que s'élève l'auteur des *Quinze Joies de mariage*. C'est ce cri de révolte qui perce derrière un antiféminisme de façade et que permet d'entendre une étude attentive de la structure interne des *Quinze Joies de mariage*. Apparaissent là le dessein de l'auteur, son originalité et son audace de s'être attaqué à l'institution du mariage.

Connues par quatre manuscrits, éditées à Paris par Treperel dans les vingt dernières années du XVe siècle, par Guillaume Leroy à Lyon à la même époque, par Claude Nourry alias Le Prince, à Lyon encore, en 1520, puis par Olivier Arnoullet sans doute avant 1530, les *Quinze Joies de mariage* ont marqué les esprits contemporains surtout par leur veine antiféministe. Ceux qui participeront, au XVIe siècle, à la Querelle des Femmes se souviendront plus ou moins explicitement de cet ouvrage. Et ce, aussi bien en France qu'en Angleterre puisque, en 1509, paraît à Londres *The fyfteen Joyes of Maryage*. En revanche les humanistes comme Montaigne et Rabelais traitent du problème du mariage sans se référer aux *Quinze Joies de mariage*. Il faudra attendre la fin du XVIe siècle pour retrouver en France de nouvelles éditions, et le début du XVIIe siècle pour découvrir en Angleterre des adaptations de notre ouvrage avec *The batchelers Banquet* ou *The fifteen Comforts of rash and inconsiderate Marriage*.

1. J. RYCHNER : *Les Quinze Joies de mariage*, Genève, Droz, 1967, 2e tirage.
Dans l'introduction et la postface, le chiffre romain entre parenthèses indiquera le numéro de la joie à laquelle nous faisons allusion.

2. Thom MICHEL : « Les occidentalismes dans *Les Quinze Joies de mariage* » in *Atti del XIV Congresso internazionale de linguistica e filologia romanza,* Napoli, 15-20 aprile 1974, T.V. Napoli, p. 53-70.

3. *Les Lamentations de Matheolus et le Livre de leesce* de Jehan Le Fèvre de Ressons (poèmes français du XIVe siècle), édition critique par A.-G. van Hamel, Paris, 1892-1905, 2 vol.

4. HÉLINAND DE FROIDMONT : *Les Vers de la mort,* traduit par M. Boyer et Monique Santucci, H. Champion, 1983.

5. Après bien d'autres, l'auteur confond Juvénal avec Valère qui ne serait que Gautier Map. Souvenir probable du *Roman de la Rose* (v. 8727).

6. Œuvres complètes d'Eustache Deschamps, t. IX, publ. par G. Raynaud, Paris, 1894.

7. L'archidiacre de Thérouanne était non pas l'auteur des *Lamentations,* comme le laisserait croire le prologue, mais le dédicataire.

8. Le *Roman de la Rose* de Guillaume de Lorris et de Jean de Meung, en 5 vol., traduit par André Lanly, Champion, Paris, 1973.

9. Alain de Lille avait au XIIe siècle composé un hymne à la gloire du mariage : « Oh, qu'elle est grande la dignité du mariage ! », cité d'après Dom Jean Leclercq, *Le mariage vu par les moines au XIIe siècle,* Éd. du Cerf, 1983, p. 153 et 154.

Prologue

tongue-in-cheek, preaching style

Beaucoup se sont ingéniés, avec de solides arguments et en alléguant de hautes autorités, à démontrer que l'homme, ici-bas, jouit d'une bien plus grande félicité à vivre libre et indépendant qu'à se mettre de lui-même, de son plein gré, en esclavage. Selon eux, on pourrait dire qu'il manque de raison et de bon sens l'homme qui, en possession des joies et des attraits de ce monde (comme on a l'occasion d'en jouir au temps de sa jeunesse libre de toute entrave), va chercher l'entrée d'une prison étroite et douloureuse, remplie de larmes et de plaintes, et se précipite, sans y être contraint, pour s'y enfermer, de son plein gré. En effet, lorsqu'il y est entré, on ferme derrière lui la porte de fer bardée de grosses barres, et il y est si étroitement gardé qu'aucune supplication et aucun argent ne pourront jamais l'en faire sortir. Et on devrait bien le tenir pour fou et insensé de s'être ainsi mis lui-même en prison, surtout s'il avait auparavant entendu les pleurs et les plaintes des prisonniers enfermés à l'intérieur de cette prison.

La preuve que la nature humaine a besoin de liberté et d'indépendance, la voici : on a vu plusieurs grands États courir à leur perte parce que les seigneurs voulaient arracher la liberté à leurs sujets ; on a vu aussi plusieurs cités, villes et autres bourgades moins peuplées, qui réclamaient toujours plus de franchises, être anéanties pour avoir déso-

béi, ce qui fut cause de longues guerres et de grands carna-
ges.

Ce principe poussa les nobles français [1] à accomplir de
grandes prouesses pour ne plus payer de redevances aux
empereurs romains et pour cesser de subir leur joug. Les
Français n'obtinrent leur liberté qu'au prix de nombreuses
grandes batailles. Ainsi, une fois qu'ils n'étaient pas assez
forts pour attendre de pied ferme l'armée de l'empereur
qui avait envahi leur terre, ils préférèrent laisser et abandonner leur pays plutôt que de devenir sujets de l'empereur et de lui verser un tribut ; ils montrèrent bien là la
grande noblesse de leurs cœurs. Ils durent alors s'en aller
conquérir pays et terres grâce à leurs vaillants exploits.
Après quoi ils rentrèrent en possession de la terre de
France, noblement, à la pointe de l'épée, et cette terre ils
l'ont gardée libre jusqu'à ce jour, du moins pour ce qui est
de leur profit personnel. C'est pourquoi de nombreuses
personnes, esclaves dans leur pays, désirèrent alors venir
en France pour être libres. Ainsi la France devint le pays
du monde le plus noble, le plus puissant, le plus peuplé, le
plus habité, le plus construit, un pays prospère où fleuris-
saient richesse, science, sagesse, foi catholique et bien
d'autres vertus. Et puisque les nobles sont francs et libres,
la logique voudrait que, maintenant, ils donnassent la
liberté à leur peuple en leur accordant la loi qu'ils avaient
revendiquée pour eux, car il n'est pas équitable d'avoir un
droit pour soi et un autre pour son voisin ; mais il n'en est
pas ainsi ; voilà pourquoi notre pays est désert, dépeuplé,
délaissé par la science et par plusieurs autres vertus ; en
conséquence, c'est le royaume des péchés et des vices.

Par principe, chacun doit aimer le bien commun. On
peut dire, en règle générale, qu'il est insensé celui qui
n'aime que son propre bien, même s'il peut l'obtenir sans
blesser ni léser les autres. A plus forte raison devrait-on
juger bien peu intelligent celui qui, après mûre réflexion, se
jetterait lui-même dans une fosse au fond large mais à
l'étroite ouverture, d'où il ne pourrait jamais sortir (ce sont
des fosses de ce genre que l'on creuse pour capturer les

bêtes sauvages dans les forêts). En effet, une fois tombé dans cette fosse, il tourne en rond pour trouver un moyen de sortir, mais il est alors trop tard.

On peut comparer ceux qui vont se marier à un poisson qui vit libre au plein milieu de l'eau, et qui va et vient où bon lui semble ; au cours de ses allées et venues, il trouve une « borgne », c'est-à-dire une nasse où se trouvent plusieurs poissons, attirés à l'intérieur par un appât à la bonne et alléchante odeur. Lorsque notre poisson voit l'appât, il se démène beaucoup pour y entrer, tourne autour tant et si bien qu'il découvre l'ouverture, il y pénètre, s'imaginant être dans un lieu de délices et de jouissances, tout comme, pense-t-il, le sont les autres. Une fois entré, il ne peut plus s'en retourner ; le voici à l'intérieur dans la souffrance et la tristesse, là où il pensait ne trouver que joies et liesse. C'est à ce poisson que ressemblent ceux qui se marient parce qu'ils voient les autres mariés dans la nasse qui nagent, semble-t-il, dans le bonheur. Pour cette raison, ils s'ingénient à trouver un moyen de pénétrer dans la nasse, mais, une fois à l'intérieur, ils ne peuvent plus s'en retourner et doivent y rester.

A ce propos, un savant du nom de Valère [2] fit cette réponse à l'un de ses amis qui venait de se marier et lui demandait s'il avait bien fait :

« Mon ami, n'avez-vous donc pas pu trouver une fenêtre assez haute d'où vous auriez pu vous élancer pour tomber la tête la première, en bas, dans une grosse rivière ? »

Il voulait dire par là qu'on ne doit pas hésiter à courir de très grands risques avant de perdre sa liberté. Il s'en est bien mordu les doigts l'archidiacre de Thérouanne [3] qui, pour « entrer en mariage », abandonna son privilège de clerc tonsuré et épousa une veuve auprès de laquelle, à ce qu'il raconte, il demeura très longtemps en esclavage, dans la douleur et la tristesse. Parce que le déchirait le remords de s'être marié, il composa un beau traité pour se donner du courage, avec l'intention de faire profiter de son expérience ceux qui viendraient après lui. Et plusieurs autres auteurs se sont astreints à dépeindre de bien des manières cette douloureuse expérience.

Çick pasody

Certaines personnes dévotes, vous le savez sans doute, en méditant sur la Vierge Marie et en considérant, au cours de leur contemplation, les grandes joies qu'elle avait dû éprouver durant les saints mystères de l'Annonciation, de la Nativité, de l'Ascension de Notre-Seigneur Jésus-Christ, etc., ont relevé quinze joies dont, pour son renom et en son honneur, plusieurs bons catholiques ont composé plus d'une belle et dévote oraison afin de glorifier la sainte Vierge Marie.

De même, moi, considérant avec réflexion l'état de marié que je n'ai jamais connu (il a plu en effet à Dieu de me faire entrer en une autre sorte d'esclavage, exempt de cette liberté que je ne peux plus jamais recouvrer), je me suis aperçu qu'il y a dans le mariage quinze cas de figures — tout au moins selon ce que je peux savoir pour l'avoir vu ou entendu dire chez ceux qui connaissent le mariage ; ceux qui sont mariés les tiennent pour des joies, des délices, des bonheurs, et ils s'imaginent qu'il n'existe pas de joie susceptible de leur être comparée. Mais, à tout bien prendre, ces quinze joies de mariage sont, à mon avis, les plus grands tourments, douleurs, tristesses, disons les quinze plus grands malheurs du monde, auprès desquels aucune autre souffrance — les amputations de membre mises à part — n'est aussi dure à supporter aussi long-temps. Croyez-moi, ce n'est pas que je les blâme de se mettre en mariage ; non, je suis de leur avis et je dis même qu'ils font bien : ne sommes-nous pas en ce monde pour faire des actes de pénitence, porter notre croix et mortifier la chair, afin de mériter le paradis ? Et il me semble qu'un homme ne peut s'imposer de plus âpres pénitences que de connaître les peines et les tourments contenus dans la suite du livre. Mais il y a un problème : en effet, puisque les gens mariés prennent ces souffrances pour des joies et des bon-heurs, que, têtus comme des ânes, ils sont fortement atta-chés à cette idée et qu'ils semblent être heureux, pour ces raisons, on peut se demander avec inquiétude s'ils en tireront quelque profit. C'est pourquoi, considérant ces souffrances qu'ils prennent pour des joies, constatant la divergence d'opinion entre eux et moi ainsi que quelques autres, j'ai pris plaisir, en les regardant nager dans la nasse où ils sont si étroitement prisonniers, à écrire pour les consoler ces quinze joies de mariage. Pour ceux qui sont encore à marier, j'ai perdu ma peine, mon encre et mon papier, car ils ne manqueront pas de se mettre un jour dans la nasse du mariage ; mon intention n'est d'ailleurs pas de les en empêcher. Du reste, il n'est pas exclu que certains d'entre eux viennent à le regretter amèrement, mais il sera trop tard pour eux ; c'est pourquoi ils vivront perpétuellement dans ces dites joies et finiront leurs jours dans la misère.

1. Allusion à la légende de l'origine troyenne des Francs. Elle veut que Francion, fils d'Hector et héros éponyme des Francs, ait échappé avec d'autres Troyens à la chute d'Ilion et soit venu s'établir sur les bords du Danube. Les Troyens y étaient tributaires des Romains jusqu'au moment où « ils accomplirent des prouesses » pour le compte de l'empereur. Ces exploits leur valurent d'être exemptés d'impôts pendant dix ans. Lorsque, ce délai expiré, l'empereur voulut à nouveau percevoir un tribut, les Francs refusèrent. Les Romains envahirent leur région ; devant leur nombre, les Francs préférèrent abandonner leurs terres. Plus tard, sous la conduite de leur roi Clodion, ils conquirent le nord de la France sur les Romains.
2. Voir l'introduction note 5.
3. Voir l'introduction note 7.

Aire ne doibt pas estre loing de la ville afin que les fruitz y soient plus legerement et plus aisiement aportez et que il y ait moins de doubte den estre defraudé du seigneur ou de ses procureurs en la cite qui est souspeconneuse. Laire doit estre pauee de pierre ou entaillee dune roche de montaigne ou se len nen a point de biel se len y doit getter de largille et destremper deaue et deffouler a piez de bestes ⸪ Et doibt estre laire en ung lieu plain et hault et net ou les blez doiuent estre emmoncellez et quant on les aura bannez et nettopez des pailles on doibt laisser le

forment rafreschir et apres on se portera es greniers ou len se gardera a prouffit · et puis apres len y fera ung tect ou couuerture basse et pres du grain et q il y ait fenestrez afin quil soit tenu secq et doit estre le lieu hault et ou les ventz puissent courir de toutes pars et que il soit loing de iardins et de vergers et aussi de vignes pource que ainsi cöme le fiens et la paille sont bons pour les racines des arbres aussi les choses qui habitent es fueilles si percent et corrompent les formens et les blez.

¶ Des greniers. ii · chap.
E siege des greniers doibt estre hault et loing de toute ordure et de toute punaisie et desta-

f · i ·

La Première Joie

Stereo-typing of partners

La première joie de mariage arrive lorsque le jeune homme est dans sa belle jeunesse, qu'il est frais et gaillard, brillant et séduisant, et qu'il ne se préoccupe que d'être tiré à quatre épingles, de composer des ballades et de les chanter, de regarder les femmes les plus belles et de chercher comment il pourra goûter les plaisirs de l'amour et mener une vie agréable, selon ses moyens financiers ; il ne se préoccupe pas de savoir d'où vient l'argent, car il se trouve que vivent encore son père ou sa mère ou d'autres parents qui subviennent à ses besoins. Mais il a beau mener largement la belle vie, il ne peut plus le supporter et regarde les autres qui, mariés, sont bien emprisonnés dans la nasse, mais qui — du moins le croit-il — se divertissent, parce qu'ils ont auprès d'eux l'appât, c'est-à-dire une femme, belle, bien parée et vêtue de beaux habits ; peut-être n'est-ce pas le mari qui les a payés, mais on lui fait croire qu'ils proviennent d'une libéralité de son père ou de sa mère. Alors notre jeune homme tourne et vire autour de la nasse tant et si bien qu'il finit par trouver l'entrée et il se marie. Sa hâte de goûter à l'appât le conduit souvent à peu s'enquérir de tout ce que cela va lui coûter, aussi se jette-t-il dans la nasse sans marchander.

Le voici maintenant enfermé le pauvre homme, lui qui, autrefois, ne se préoccupait que de chanter, d'être tiré à quatre épingles et de se procurer des bourses de soie ou autres colifichets pour offrir aux belles. Là, pendant un certain temps, il connaît plaisirs et jouissances et ne songe pas à sortir jusqu'au jour où il en a envie, mais il est trop tard. Il lui faut donner à sa femme un train de vie qui lui convienne ; il se trouvera même qu'elle aime paraître et plaire, et, l'autre jour, à une réception à laquelle elle s'était rendue, elle aura peut-être remarqué que des jeunes femmes, des bourgeoises ou d'autres femmes de son milieu, étaient habillées à la dernière mode. Elle entend aussitôt être habillée comme les autres. Alors elle choisit le lieu, le moment et l'heure pour aborder ce sujet avec son mari persuadée que les femmes devraient naturellement parler de leurs problèmes personnels là où leurs maris sont le plus enclins à se soumettre et le plus disposés à dire oui, je veux parler du lit, là où le conjoint s'attend à goûter plaisirs et jouissances et où, lui semble-t-il, il n'a rien d'autre à faire. Alors sa femme commence à lui dire :

« Mon ami, laissez-moi, car je suis très contrariée.

— Ma mie, mais à cause de quoi ?

— Ah oui, j'ai bien des raisons de l'être ; mais je ne vous en dirai rien, car vous ne tenez aucun compte de ce que je vous dis.

— Mais, ma mie, pourquoi vous me parlez ainsi ?

— Mon Dieu, monsieur, il n'est pas nécessaire que je vous le dise, parce que, vous aurais-je exposé l'affaire, vous n'en tiendriez pas compte et vous vous imagineriez que je l'aurais fait pour d'autres motifs.

— En vérité, vous me le direz.

— Eh bien, répond-elle, je vais vous le dire, puisque vous le désirez. Mon ami, vous savez que, l'autre jour, je me suis rendue à une réception à laquelle vous m'aviez envoyée, ce qui ne me plaisait guère. Eh bien, une fois là-bas, je vis qu'aucune femme de ma condition, même la plus modeste, n'était plus mal habillée que moi.

« Ce n'est pas pour me vanter, mais, Dieu merci, je suis issue d'une aussi bonne famille que telle dame, demoiselle ou bourgeoise qui me fut présentée (je m'en rapporte aux généalogistes). Je ne dis pas cela à cause de ma tenue vestimentaire, car peu m'importe comme je suis mise, mais j'en ai honte, je ne fais honneur ni à vous ni à vos amis.

— Allons donc, ma mie, quelle toilette portaient-elles à cette réception ?

— Ma foi, répond-elle, il n'y avait aucune femme de ma condition, même la plus modeste, qui ne portât une robe d'écarlate ou d'étoffe de Malines ou de beau drap de fine laine, fourrée de « bon gris [1] » ou de « petit gris », avec de grandes manches et un capuchon assorti, en forme de cruche [2] et avec un ruban de soie rouge ou verte traînant jusqu'à terre, le tout exécuté à la dernière mode. Or moi, je portais encore mon ensemble de mariée qui est bien usé et bien court, parce que j'ai grandi depuis qu'on me l'a fait : j'étais encore une adolescente lorsque je vous ai été donnée ; et pourtant, me voilà déjà bien flétrie : j'ai connu tant de fatigues qu'on me prendrait pour la mère de telle dont je pourrais être la fille. Oui, au milieu de ces femmes, j'éprouvais une telle honte que, timide, je ne savais quelle attitude adopter. Mais ce qui me fit le plus de mal, c'est lorsque la dame de tel endroit et la femme d'un tel déclarèrent devant tous que c'était vraiment une honte d'être aussi mal habillée, et, ma foi, elles n'ont pas à craindre de m'y voir retourner d'ici longtemps.

— Allons, dit ce respectable benêt, je vais vous expliquer. Vous savez bien que nous avons beaucoup de difficultés, vous savez, qu'au début de notre mariage, nous n'avions guère de meubles et nous avons dû acheter des lits, des couvertures, des tapisseries et beaucoup d'autres objets ; aussi n'avons-nous plus beaucoup d'argent à présent. Et puis, vous savez bien qu'il est nécessaire d'acheter deux bœufs pour notre métayer de tel endroit ; il y a encore le pignon de notre grange qui est tombé l'autre jour à cause de la toiture ; c'est donc la première réparation à faire. Et puis, je dois aussi me rendre à l'audience du tribunal à tel endroit, à cause d'un procès concernant une terre que vous possédez dans ce coin, terre qui ne m'a rien rapporté, ou bien peu, mais qui va m'obliger à faire de grandes dépenses.

— Ah oui, monsieur, je savais bien que vous ne sauriez me faire d'autre reproche que ma terre. »

Alors, elle se tourne dans le lit de l'autre côté :

« Pour l'amour de Dieu, laissez-moi tranquille, car je ne vous en parlerai plus jamais.

— Ah, diable ! ajoute notre respectable benêt, vous vous fâchez sans raison.

— Non, ce n'est pas vrai, monsieur, car si cette terre ne vous a rien rapporté, ou presque, je n'y puis rien. D'ailleurs, vous savez bien qu'on avait parlé de me marier à un tel et à un tel, et ce en plus de vingt endroits différents ; ils ne réclamaient que la beauté de mon corps. Mais, vous le savez bien, à force de vous voir sans cesse aller et venir, je ne voulais que vous, ce qui me brouilla avec monsieur mon père qui m'en veut encore, et je me le reproche amèrement, car je crois être la femme la plus malheureuse qui fut jamais. Et je vous le demande, monsieur, continue-t-elle, est-ce que la femme d'un tel et celle de tel autre qui avait bien songé m'épouser sont dans l'état où je suis ? Et elles ne sont même pas de mon rang. Par saint Jean, les robes qu'elles abandonnent à leurs femmes de chambre ont plus de valeur que mes effets du dimanche. Je ne sais pas pourquoi certains prétendent que c'est bien dommage que meurent tant d'êtres jeunes et bons. Plaise à Dieu que je ne vive plus longtemps ! Au moins, vous seriez débarrassé de moi et je ne vous causerais plus de soucis.

— Ma foi, ma mie, vous tenez de méchants propos, car il n'est rien que je n'aurais fait pour vous. Occupez-vous donc plutôt de ce que nous avons à faire. Retournez-vous de mon côté et je vais vous faire ce que vous voudrez.

— Mon Dieu, laissez-moi tranquille, car, ma foi, je n'en ai pas envie. Plût à Dieu que vous n'en ayez jamais plus envie que moi ! Par ma foi, vous ne me toucheriez plus jamais.

— Plus jamais ? dit-il.

— Non, assurément, plus jamais ! »

C'est alors qu'il s'imagine bien la mettre à l'épreuve en lui disant :

« Si je venais à mourir, vous seriez bien vite remariée à un autre.

— Moi, me remarier ? Après tout le plaisir que m'a donné le mariage ! Par la Sainte Hostie, jamais une bouche d'homme ne s'approcherait de la mienne. Et si je savais qu'il me faudrait vivre après vous je m'arrangerais pour m'en aller la première. »

Et la femme de se mettre à pleurer, alors qu'elle n'en a pas du tout envie. Quant au brave homme, il est à la fois content et mécontent. Content, parce qu'il s'imagine avoir une épouse frigide et si pure qu'elle méprise ces bestialités, et aussi parce qu'il est fort épris d'elle. Mécontent, parce qu'il la voit pleurer, ce qui l'apitoie fort et le rend très malheureux ; il n'aura de cesse qu'elle ne soit calmée ; aussi cherche-t-il tous les moyens de lui faire plaisir. Mais elle, qui veut réussir le coup qu'elle lui a monté pour obtenir sa robe, n'en fera rien : au contraire, elle se lèvera de bon matin, à une heure inhabituelle ; toute la journée elle fera sa mauvaise tête, si bien qu'il n'en tirera pas un mot aimable.

La nuit suivante, elle se couchera, et, lorsqu'elle sera au lit, le brave homme écoutera pour voir si elle dort ; il veillera à ce qu'elle ait les bras bien couverts et la couvrira au besoin. Alors elle fera semblant de s'éveiller, et le mari plein de sagesse de lui demander :

« Dormez-vous, ma mie ?

— Non, pas du tout.

— Êtes-vous bien calmée ?

— Calmée ? Mon irritation n'a pas grande importance.

« Et, Dieu merci, dit-elle en soupirant, je me contente de ce que j'ai puisque c'est la volonté de Dieu.

— Par Dieu, ma mie, s'il plaît à Dieu, nous aurons beaucoup plus. Et j'ai réfléchi à une chose : je vais vous procurer une toilette telle que, je m'en fais fort, vous serez, aux noces de ma cousine, la femme la plus élégante.

— En vérité, je ne me rendrai à aucune réception cette année.

— Ma foi, ma mie, vous vous y rendrez et vous aurez ce
que vous demandez.

— Ce que je demande ? Mais je ne demande rien. Aussi
vrai que Dieu existe, je ne vous en parle pas par envie
d'être admirée (personnellement je préférerais ne jamais
sortir de chez nous, sauf pour aller à l'église), mais je vous
en parle à cause des propos qu'elles échangeaient — je le
sais de source sûre, d'une amie qui a entendu une grande
partie de leur conversation et qui me les a rapportés. »

Alors le brave homme, responsable depuis peu du train
du ménage, songe qu'il a beaucoup de choses à faire —
peut-être n'a-t-il pas beaucoup d'argent et peut-être la robe
lui coûtera-t-elle cinquante ou soixante écus d'or. Il réfléchit mais ne trouve pas de bon moyen pour avoir des
liquidités ; cependant, il faut qu'il s'en procure, car sa
femme, à ses yeux, le mérite ; il loue même Dieu, au fond
de son cœur, de lui avoir donné une perle aussi rare. Alors,
il se met à se tortiller puis à se tourner et retourner d'un
côté puis d'un autre, mais de toute la nuit il ne trouvera un
sommeil réparateur. Et, dans certains cas, la femme est si
rusée qu'elle reconnaît bien là son travail et rit toute seule
sous les draps.

Le lendemain matin, le brave homme, courbatu après la
nuit durant laquelle il n'a cessé de réfléchir, se lève et s'en
va. Il trouve les tissus et les garnitures en fourrure, mais
peut-être, pour les obtenir, a-t-il dû ou bien signer aux
marchands une reconnaissance de dette, ou bien emprun-
ter, ou bien s'engager à servir une rente annuelle de dix ou
vingt livres, en attendant de pouvoir rembourser, ou bien
vendre le bijou ancien, en or ou en argent, qui datait de
l'époque de son bisaïeul et que son père avait conservé
pour lui. Il fait tant qu'il revient chez lui pourvu de tout ce
que sa femme lui demandait. Mais elle paraît y être totalement indifférente et maudit tous ceux qui lancèrent des
modes aussi coûteuses. Et lorsqu'elle voit qu'elle a atteint
son but, puisqu'il a apporté tissus et fourrure, elle lui
dit :

« Mon ami, ne venez pas me dire un jour que je vous ai

fait dépenser votre argent, car, je vous le jure, je ne don-
nerais pas un sou de la plus belle robe du monde, pourvu
que j'aie un vêtement chaud. »

Et bien vite la robe se fait, ainsi que la ceinture et le
capuchon assortis qui seront exhibés dans plus d'une église
et plus d'un bal. *she flaunts her clothes*.

Puis vient le moment où il faut payer les créanciers, mais
le pauvre homme ne peut pas les payer et ils ne veulent *he's*
plus attendre ; aussi le font-ils ou saisir ou excommunier. *ex-*
Sa femme l'apprend, elle voit faire la saisie : peut-être *communi-*
a-t-on pris ses bijoux pour l'achat desquels il s'était endetté. *cated*
Or il arrivera qu'après l'excommunication, il sera frappé
d'une « aggrave ' », ce qui poussera sa femme à ne plus
oser sortir de chez elle. Dieu sait dans quels plaisirs et dans
quelles joies le pauvre homme va vivre et user le reste de
ses jours ; sa femme va criant à travers la maison :

« Maudite soit l'heure où je suis née ! Que ne suis-je
morte dans la robe blanche de mon baptême ! Hélas !
jamais une femme de ma famille n'a connu une telle honte,
cette famille qui m'a si tendrement choyée. Hélas ! dit-elle,
je me donne tant de mal pour tenir la maison ; et tout ce
que je peux faire et épargner se dissipe. En plus de vingt
bons endroits, j'aurais pu me marier si je l'avais voulu, et
j'aurais été comblée d'honneurs et d'argent, car je vois bien
comment vivent maintenant les femmes de mes anciens
prétendants. Pauvre malheureuse que tu es, pourquoi la
mort ne vient-elle pas te prendre ? »

C'est en ces termes que la femme se lamente, elle qui ne
pense pas à ses propres manigances, aux toilettes et aux
bijoux qu'elle a voulu avoir, aux réceptions et aux noces où
elle s'est rendue, alors qu'elle aurait dû rester à la maison
pour s'occuper de son ménage. Elle met tout sur le compte
de la négligence du pauvre homme qui se trouve n'y être
pour rien ; c'est elle la vraie responsable. Cependant, il est
si bête — c'est la règle du jeu — qu'il ne comprend pas que
c'est sa faute à elle. Ne demandez pas dans quelles pénibles
pensées il est, lui qui ne dort plus, qui, lorsqu'il prend du
repos, ne songe qu'à la manière de calmer sa femme et de

régler ses dettes, mais ce qui le chagrine le plus, c'est la
mauvaise humeur de son épouse.

C'est ainsi qu'il dépérit peu à peu, tombe dans la pauvreté et, il ne s'en relèvera jamais, puisqu'il est acculé aux
extrémités, mais tout pour lui n'est que joie. Il est enfermé
dans sa nasse et, dans certains cas, il ne s'en repent même
pas : en effet, n'y serait-il pas, il s'y mettrait bien vite. C'est
là qu'il usera le reste de son existence, en dépérissant de
jour en jour, et il finira sa vie dans la misère.

REFRAIN

1. Le gris est la fourrure d'une sorte d'écureuil dont le dos gris
fournit le « bon gris » et dont le ventre est blanc. « En alternant la
fourrure du dos et celle du ventre, en marquetant, on obtenait une
fourrure " grosse " ou " petite ", selon la surface des bandes ». (Cres-
sot.)

2. La dame suit sans doute une mode extravagante et passagère. Il
ne peut s'agir, en effet, ni d'un hennin, attribut seulement de grande
dame, ni d'un escoffion, coiffure du XVI siècle.

3. Le débiteur incapable de payer ses dettes était excommunié par
le juge ecclésiastique. Exclu de la communauté chrétienne, il n'avait
plus le droit, lorsqu'il était frappé d'une « aggrave », d'aller au mar-
ché et d'utiliser le four ou le moulin du village.

La Deuxième Joie

La deuxième joie de mariage arrive lorsque la dame se sent élégamment habillée comme on l'a vu, qu'elle est bien assurée d'être belle (ne le serait-elle pas, du moins pense-t-elle l'être et par là même elle en a la conviction) et qu'elle se rend à plusieurs fêtes, réunions et pèlerinages. Comme quelquefois cela ne plaît pas au mari, elle fait des projets avec sa cousine, son amie et son cousin (peut-être ne lui est-il rien, mais elle a pris l'habitude de le nommer ainsi, et pour cause), et sa mère elle-même, qui est de connivence, a dit au pauvre mari qu'il était bien son cousin, pour le tranquilliser au cas où lui, le mari, l'aurait chargé de venir la chercher. Parfois le mari, qui ne veut pas qu'elle s'y rende, alléguera l'absence de chevaux ou donnera une autre raison. C'est alors que la cousine (ou l'amie) interviendra :

« Par Dieu, mon cousin (ou mon ami), je ne suis pas contente d'aller maintenant à cette fête, car j'ai beaucoup à faire chez nous, mais j'en prends Dieu à témoin, si votre honneur et le mien n'étaient pas en jeu, je ne vous en parlerais pas, et, je vous le jure, je suis sûre que votre femme, ma cousine (ou mon amie) n'a pas envie de venir ; en effet, je ne connais pas de femme qui ait hâte autant qu'elle de s'en retourner une fois arrivée. »

Le mari plein de sagesse est alors vaincu ; il demande qui les conduira et quelles femmes les accompagneront.

« Par ma foi, mon cousin (ou mon ami), il y aura

Qui long temps meust semble daimer
Je ne fus onques si tres ayse
Bien est gary qui tel fleur baise
Qui tant est doulce et redolent
Je ne seray ia si dolent
S'il men souuient que ie ne soye
Tout plain de soulas et de ioye
Mais nõ pourtãt iay mais ennuys
Souffers et maintes males nuys
Puis que ieuz la rose baisee
La mer nest ia si appaisee
Quelle ne trouble a peu de vent
Amours si se change souuent

Mais il est droit que ie vo' compte
Comment ie fu messe a honte
Par qui ie fu puis moult greue
Et comment le mur fut leue
Et le chasteau riches et fort
Quamours prit puis par son effort
Toute listoire vueil poursuiure
Et declarer tout a deliure
Affin quelle retiengne et plaise
A la belle que dieu tiengne ayse
Qui se guerdon bien men rendra
Mieulx que quant nulle luy plaira
Malle bouche qui la conuine
De maint amant pense et diuine
Et tout le mal quil scet retrait
Se print garde du bel attrait
Que bel acueil me daigna faire
Et tant quil ne sen veust plus taire
Il fut filz dune vielle vreuse
La langue auoit moult perilleuse
Et moult puante et moult amere
Bien en ressembloit a sa mere
Malle bouche des lors enca
Andys accuser commenca
Et si dist quil mectroit son oeil
Se entre moy et bel acueil
Nauoit mauuais acointement
Tant parla le glout follement

De moyet du filz courtoysie
Quil fist esueiller ialousie
Qui se leua par grant freeur
Quant elle eust ouy le iengleur
Puis quant elle se fut leue
Elle courut comme derue
Vers bel acueil qui aymast mieulx
Estre rauy iusques aux cieulx

Comment par la vip malle bouche
Qui des bons souuent dit reprouche
Ialousie moult dulcement
Tense bel acueil pour lamant

Ors par parolles lassailly
Gars pourquoy as le cueur failly
Qui bien veulx estre du garson
Dont iay mauuaise suspesson
Bien pert que tu croys losengers
De legier garsons estrangers
Ne me vueil plus en toy fier
Certes ie te feray lier
Et enferrer en vne tour
Car ie ny voy aultre retour
Trop sest de toy honte eslongnee
Et si ne sest pas bien soignee

madame votre belle-mère, la mère de ma cousine, votre femme, la femme d'un tel et d'un tel, son cousin qui est aussi le vôtre, ainsi que les autres dames de notre rue et des environs. J'ose bien le dire, il y aura une honorable compagnie digne d'escorter même la fille d'un roi ; en sont garants leur sagesse et leur honneur. »

Dans certains cas, celle qui prend la parole doit avoir, pour bien jouer son personnage, une belle toilette et des bijoux, ce qui arrive souvent.

« Je vois bien, dit le mari, qu'il s'agit d'une belle et bonne compagnie, mais ma femme a du travail à faire ici, au lieu d'être toujours par monts et par vaux. Bon, allons, qu'elle y aille pour cette fois ; mais attention, dit-il à sa femme, soyez de retour ce soir. »

Alors la femme, qui voit bien qu'elle a la permission de partir, feint de préférer ne point y aller et dit :

« Par Dieu, mon ami, je n'ai que faire de partir ; je vous demande la permission de ne pas y aller.

— En vérité, dit la cousine (ou l'amie), vous y viendrez. »

C'est alors que le brave homme tire à part sa cousine et dit :

« Mon amie, si je n'avais pas confiance en vous, elle ne partirait point.

— Ah, ah, mon ami, par Dieu qui créa l'univers, vous pouvez avoir toute confiance. »

Elles se mettent en route et elles vont tout en se moquant et en se gaussant de ce respectable benêt et elles se disent entre elles qu'il doit être un peu jaloux, mais cela ne fait rien. Là-bas se rendent les séducteurs dont certains ont peut-être déjà, à la fête précédente, posé des jalons et s'attendent à conclure là leur affaire. Dieu sait comme la dame est fêtée, servie, honorée, pour l'amour de son mari comme Dieu le sait bien ! Pensez combien elle se donne à fond à la danse et au chant, et, combien elle fait peu de cas de son époux, lorsqu'elle voit que l'on fait tant de cas d'elle et qu'on la loue. Alors, parmi les séducteurs qui la voient si aguichante dans ses habits et ses paroles, c'est à qui lui

manifestera le mieux son amour, car femme belle et
enjouée rend courageux le plus couard. L'un lui tient de
beaux propos agréables et aimables, l'autre lui fait du pied
ou lui presse la main, un autre lui lance de côté des regards
pénétrants à fendre l'âme, un autre lui fait voir une bague,
un diamant ou un rubis, toutes choses qui font très bien
comprendre à la dame leurs intentions, si elle a tant soit
peu d'intelligence. Là, quelquefois, elle s'écarte du droit
chemin, elle prend plaisir à faire certaines choses et, dans
certains cas, le pire arrivera.

Voici alors l'époux dans la gêne, pour assurer le train de
vie de sa femme, lorsqu'elle se rend à ces fêtes auxquelles
affluent les séducteurs qui ne songent, chacun de son côté,
qu'à berner le pauvre mari. Et de fait il ne s'en sort guère.
Le voici maintenant dans la honte qu'il s'est attirée : à la
longue, il arrive en effet que sa femme et son amant se sont
sottement comportés ou qu'un de ses parents ou ami
intime lui en a glissé un mot, et le mari découvre la vérité ;
ou bien il a des soupçons et devient fou de jalousie. Or
jamais un homme sage ne doit devenir jaloux, car, une fois
qu'il a découvert la mauvaise conduite de sa femme, plus
aucun médecin ne pourra le guérir de sa jalousie. Alors il la
battra et aggravera son cas, car elle ne se corrigera jamais,
et, en la battant (fût-ce en allant jusqu'à lui briser les membres), il ne fera que raviver la flamme du fol amour
qu'éprouve sa femme pour son ami. Et voici le résultat : il y perd son capital et il devient tout
abruti comme une bête ; plus rien ne l'intéresse, et plus
jamais, puisqu'il est ainsi, elle ne fera l'amour avec lui, sauf
pour passer le temps ou lui donner le change. Le pauvre
homme vit dans la souffrance et les tourments, mais il se
croit heureux. Il est maintenant bien enfermé dans sa
nasse, et s'il n'y était pas il s'y mettrait bien vite. Il usera le
reste de sa vie, dépérissant de plus en plus, et finira ses
jours dans la misère.

La Troisième Joie

[annotation manuscrite : She's pregnant — by whom?]

La troisième joie arrive, après que le jeune mari et sa jeune femme ont goûté bien des plaisirs et des jouissances, lorsqu'elle tombe enceinte — et peut-être ne sera-ce pas de son époux, ce qui est un cas fréquent. Alors le pauvre mari devient la proie de soucis et de tourments ; il se met à courir et à trotter partout pour offrir à sa femme ce qui lui plaît. Fait-elle tomber une épingle, il la lui ramassera, parce qu'elle pourrait se faire mal en se baissant. Ce sera un pur hasard si elle apprécie la nourriture qu'il lui apporte, même s'il s'est donné beaucoup de peine pour la trouver et l'acheter. Et il arrive souvent que, malgré la diversité des mets préparés et l'aisance dont elle jouit, elle n'ait plus faim, parce qu'elle est dégoûtée de cette nourriture qu'elle tient pour ordinaire ; elle se plaint de nausées et n'a envie *[annotation : false morning-sickness]* que de plats extraordinaires et nouveaux. Il faut donc qu'il en trouve à tout prix ; aussi le brave homme doit-il trotter à pied ou à cheval, de jour et de nuit, pour lui en procurer. Pendant huit ou neuf mois, le mari, plein de sagesse, connaît tous ces soucis, tandis que Madame passe son temps à se faire dorloter et à se plaindre ; c'est sur le dos du mari que retombe toute la charge de la maison : couché tard et levé de bon matin, il s'occupe de gérer les biens du ménage, comme le requiert sa condition sociale.

Arrive le moment de l'accouchement : il faut qu'il fasse venir amis et amies, suivant le bon plaisir de Madame :

alors il se fait beaucoup de soucis pour trouver ce qui manque aux amies, aux nourrices et aux sages-femmes venues là pour aider la femme tant qu'elle gardera le lit, et elles boiront du vin plus qu'une botte éculée n'absorberait d'eau. Maintenant le mari devient plus inquiet, et la femme, au milieu de ses souffrances, s'engage à faire plus de vingt pèlerinages, tandis que le pauvre homme fait aussi des vœux à tous les saints. Alors les amies arrivent de tous les côtés, et le bon homme doit veiller à ce qu'elles ne manquent de rien.

La dame et ses amies parlent, plaisantent, racontent de bonnes histoires ; elles jouissent de leurs aises : peu leur importe qui a la peine d'y pourvoir. Qu'il pleuve, qu'il gèle ou qu'il grêle, le mari sort. Et l'une d'elles prononcera alors ces mots :

« Ah, comme notre ami qui est dehors doit souffrir par ce temps de chien ! » Mais une autre répondra que personne ne l'y oblige et qu'il est bien content de sortir. Et si, par hasard, il manque une chose dont elles aient envie, alors l'une de ces amies dira à la femme :

« Vraiment, mon amie, je suis très surprise — comme d'ailleurs toutes mes amies ici présentes — de voir combien votre mari tient peu compte de vous et de votre enfant. Regardez donc, que serait-ce si vous en aviez cinq ou six ? C'est évident, il ne vous aime guère. En l'épousant, vous lui avez fait un honneur plus grand qu'il n'en est jamais arrivé à un homme de sa famille.

— Ah, je le jure, ajoute une autre amie, si mon mari agissait ainsi avec moi, je préférerais le voir sans cul ni tête [1] !

— Mon amie, dit une autre, ne lui donnez pas l'habitude de vous laisser ainsi piétiner, car il agirait de même ou encore pis dans l'avenir, lors de vos autres accouchements.

— Ma cousine, renchérit encore une autre, je suis vraiment étonnée qu'une femme comme vous, sage et de bonne famille — et chacun sait que vous êtes sans pareille —, se laisse ainsi traiter. C'est à nous toutes qu'il porte préjudice. »

Alors la dame leur répond.

« En vérité, mes chères amies, mes chères cousines, je ne sais que faire et comment en venir à bout, tant il est méchant et violent.

— Méchant ? reprend l'une d'elles. Alors regardez donc mes amies : elles savent bien que, lorsque je me suis mariée, on disait que mon mari était si violent qu'il me tuerait. Mais, par Dieu, mon amie, je l'ai bien dompté. Dieu merci, et il préférerait se casser un bras plutôt que de me causer le moindre déplaisir, en parlant ou en agissant. C'est vrai, au début, il s'est imaginé parler et agir avec moi comme il l'entendait, mais je l'en ai bien empêché, je vous le jure par la Sainte Hostie ; je lui ai répondu, j'ai pris le mors aux dents ; il est vrai qu'il m'a battue une ou deux fois, mais il a agi comme un fou, car j'ai alors fait pis qu'avant, si bien qu'il a déclaré — je le tiens d'une amie ici présente — qu'il faudrait me tuer pour me changer. Dieu merci, j'ai tant fait que je puis dire et faire ce que je veux, car j'aurai toujours le dernier mot, que j'aie tort ou raison. Mais ceux qui ont accepté d'entrer dans le jeu doivent jouer [2] ; il n'y a pas d'autre solution ; eh bien, mon amie, je vous le jure, il n'y a pas d'homme, si enragé soit-il, que sa femme ne puisse rendre doux et de bonne composition, pour peu qu'elle ait du jugement. Par sainte Catherine, ma cousine, vous mériteriez qu'il vous crevât les yeux !

— Veillez, ma cousine, dit une autre, à lui sonner les cloches à son retour. »

Voilà comment l'on traite le pauvre homme ! Et, telles des bottes éculées, elles continuent à boire ; elles prennent congé de la dame jusqu'au lendemain matin et verront alors comment elle sera traitée, puis elles diront son fait au brave homme.

Lorsque s'en revient le bon homme parti chercher des victuailles (dans certains cas, il a dépensé beaucoup d'argent, ce qui lui cause bien des soucis), il rentre, par exemple, à une heure ou deux heures du matin, ou bien parce qu'il vient de loin et qu'il a grand-hâte d'avoir des nouvelles de sa femme, ou bien parce qu'il n'ose coucher à l'hôtel, de peur de trop dépenser. Il entre dans la maison et trouve tous ses serviteurs et ses servantes à la dévotion de Madame — sinon, ils ne resteraient pas, fussent-ils bons et fidèles. Il demande des nouvelles de son épouse, et la femme de chambre, garde-malade, lui répond que Madame est très malade, qu'elle n'a rien mangé depuis son départ, mais que, ce soir, elle est un peu mieux, ce qui est totalement faux. Alors le pauvre homme se fait encore plus de soucis, lui qui peut-être est tout trempé et qui a une mauvaise monture — cas fréquent ; peut-être est-il tout plein de boue, parce que son cheval est tombé dans un mauvais chemin. Peut-être le brave homme, qui n'a rien mangé de la journée, ne prendra-t-il rien avant d'avoir des nouvelles de sa femme. La nourrice et les sages-femmes, qui connaissent bien leur métier et à qui l'on a fait la leçon, jouent bien leur rôle et montrent un visage anxieux. Alors il ne peut s'empêcher d'aller auprès de sa femme ; dès l'entrée de la chambre, il l'entend se plaindre à voix basse, il s'approche d'elle, s'accoude sur son lit, auprès d'elle, et lui demande :

« Qu'avez-vous, ma chérie ?

— Mon ami, je suis bien malade.

— Ah ! ma chérie, et où avez-vous mal ?

— Mon chéri, vous savez que je suis faible depuis longtemps et je ne peux rien manger.

— Mais, Madame, pourquoi ne pas m'avoir demandé de vous préparer un bon coulis de chapon au sucre [3] ?

— Aussi vrai que Dieu existe, on m'en a donné, mais on n'a pas su le préparer, et je n'en ai pas mangé depuis que vous m'en avez fait.

— Ma foi, ma mie, je vous en ferai et vous en mangerez, par amour pour moi.

— Je le veux bien, mon ami », dit-elle.

Alors le bon homme se met à l'œuvre, se fait cuisinier, mais il se brûle à préparer le brouet ou s'échaude pour

en mon autre voiage est desia grant ha-
bile et en bon point de veoir et dapren dre
se bon vous semble ie semmenerap auec
mop/et p ma fop dit elle vous feres bié
et ie vous en prie il sera fait dit il. A tât
se part a auec lup emmaine le filz dont
il nestoit pas pere/a qui il a pieca garde
vne bonne pensee. Ilz eurent si bon vent
quilz sont venus au port dalepandrie ou
le bon marchant tresbien se deffist de la
pluspart de ses marchandises/et ne fut
pas si beste affin quil neust plus de char
ge de lenfant de sa femme a dung autre
a q apres sa mort ne sucedast a ses biés
comme vng de ses aultres esfans quil ne
le vendist a bons deniers contés pour en
faire vne esclaue. Et pour ce quil estoit
ieune et puissant/il en eust pres de cent
ducas. Quant ce fut fait il sen reuint a
lôdres sain a sauf dieu mercp/a nest pas
a dire la chiere q sa femme lup fit quant
elle se vit en bon point/mais elle ne voit
point son filz dont ne scait que penser .
Elle ne se peust gueres tenir quelle ne
demãdast a son marp quil auoit fait de
leur filz. Ha mamp dit il il ne le vous
fault ia celer. il lup est tresmal prins.he
las comment dit elle/est il nope:nennil
certes/mais il est vrap q fortune de mer
nous mena p force en vng pais ou il fai
soit si chault a nous cuidions tous mou
rir par la grant ardeur du soleil qui sur
nous ses rais espandoit.et comme vng
iour nous estions saillis de nostre naue
pour faire en terre chun vne fosse a sop
tapir pour le soleil /nostre bõ filz qui de

neige comme vous scaues estoit/en nrê
presence sur le grauier par sa grãt force
du soleil fut tout acop fondu et en eaue
ressolu/a neussiez pas dit vne sept pseau
me que nous ne trouuasmes rien de lui
tout ainsi en haste que au monde il vint
tout aussi soudain en est party/a pensez
que ien fus a suis bien desplaisant/a ne
vp iamais chose entre les merueilles q
iap veues dont ie fusse plus esbahp.p.Or
auant dit elle /puis quil plaist a dieu se
nous oster comme il le nous auoit dõne
loue e soit il.selle se doubtast que sa cho
se alast autrement lpstoire sen taist a ne
fait mencion fors que son marp lup ren
dit telle comme elle lup bailla:combien
quil en demoura tousiours se cousin .

¶ La.pp.nouuelle/par phelippe de laon

l'empêcher d'attacher. Il tance ses gens, leur dit qu'ils sont bêtes et qu'ils ne savent rien faire.

« En vérité, Monsieur », lui dit la sage-femme qui veille Madame (une vraie spécialiste dans son domaine), « votre amie de tel endroit a passé sa journée à essayer de faire manger Madame, mais elle n'a pas touché aujourd'hui à quoi que ce soit que Dieu fasse pousser ; je ne sais ce qu'elle a. J'ai déjà assisté plus d'une accouchée, mais Madame est vraiment la femme la plus fragile que j'aie jamais vue. »

Alors le brave homme s'en va porter son brouet à sa femme, puis il la presse et la prie tant de manger qu'elle en prend quelques bouchées « par amour pour lui » (ce sont ses paroles) et elle ajoute qu'il est très bon et que les autres brouets qu'on lui avait servis ne valaient rien. Alors il demande aux autres femmes de faire un bon feu dans la chambre et de se tenir auprès de sa femme. Le bon mari s'en va dîner : on lui apporte des plats froids : ce sont non seulement les restes des amies, mais encore les reliefs de la nourriture que les sages-femmes ont tripotée à pleine main, toute la journée, tout en buvant Dieu sait comme ! C'est ainsi que le mari s'en va coucher, accablé de soucis.

Le lendemain matin, très tôt, il vient voir sa femme, lui demande comment elle va, et elle lui répond qu'elle s'est sentie un peu mieux sur le matin mais qu'elle n'a pas fermé l'œil de toute la nuit, alors qu'elle a bien dormi.

« Ma mie, dit-il, parmi vos amies, quelles sont celles qui doivent venir aujourd'hui ? Il faut veiller à ce qu'elles ne manquent de rien. Il faut aussi se préoccuper du jour de vos relevailles, puisqu'il y a quinze jours que vous avez accouché. Ma mie, il faut essayer de limiter les frais, car nous avons déjà dépensé beaucoup d'argent.

— Ah, Ah, dit la femme, maudite soit l'heure où je vis le jour, et pourquoi n'ai-je pas perdu l'enfant que j'attendais ? Hier, quinze de mes amies, des femmes pleines de sagesse, vous ont fait le grand honneur de venir ; elles m'entourent de beaucoup d'égards partout où elles me rencontrent. Or elles n'avaient même pas de nourriture qui fût seulement digne de leurs femmes de chambre, quand elles sont malades : j'en suis sûre, je l'ai vu. Aussi s'en moquent-elles bien entre elles ; je m'en étais rendu compte sans qu'elle pussent s'en douter. Ah ! lorsqu'elles sont dans mon état, Dieu sait combien elles sont choyées et avec quels égards on veille sur elles ! Hélas, moi, je viens à peine d'accoucher, je ne peux pas tenir debout, et vous, vous avez hâte de me voir déjà m'agiter dans la maison et reprendre les travaux qui m'ont tuée.

— Quoi, diable ! Madame, vous avez tort, dit le mari.

— Par Dieu, Monsieur, vous seriez bien content de me voir morte ; d'ailleurs, moi aussi, je le voudrais bien. Par ma foi, vous n'étiez pas fait pour le mariage. Hélas ! ma cousine de tel endroit m'avait déjà demandé si j'aurais une robe neuve pour mes relevailles, mais j'en suis bien loin. D'ailleurs, cela m'est égal. Je suis même d'accord pour me lever demain, advienne que pourra. Je vois bien que nous n'avons que faire d'inviter des gens. Hélas ! je vois bien que l'avenir me réserve beaucoup de souffrances, si je devais avoir dix ou douze enfants ; mais cela n'arrivera pas s'il plaît à Dieu ! Plaise à Dieu que je n'aie plus jamais d'enfant et plût à Dieu qu'il m'eût rappelée à lui ! Au moins, je serais délivrée, je ne vous causerais plus de déplaisir, je ne ferais plus honte aux gens et je n'aurais plus à souffrir. Mais que la volonté de Dieu soit faite !

— Allons, ma mie, dit le mari plein de sagesse, vous voilà toute retournée, et sans raison.

— Comment, sans raison ? Mon Dieu ! Je n'ai pas de raison, n'est-ce pas ? Or, par Dieu, j'ose bien l'affirmer, jamais une pauvre femme de ma condition n'a souffert plus que moi, dans son ménage.

— Allons, allons ! chère amie, je consens que vous ne vous leviez que lorsqu'il vous plaira. Mais indiquez-moi au moins comment vous pourrez avoir la robe que vous demandez.

— Par Dieu, Monsieur, je n'en demande point et je n'en veux point. J'ai assez de robes et peu m'importe l'élégance. Me voici vieille à présent, puisque j'ai eu un enfant, et vous me le laissez bien deviner ! A voir comme je suis déjà, je comprends ce que l'avenir me réserve, lorsque je serai brisée par les maternités et le travail de la maison. Il suffit de regarder ma cousine, la femme d'un tel ; vous savez, c'est celui qui désirait me prendre pour épouse, qui tenta de me séduire, qui me fit quelques avances et qui ne voulut jamais se marier tant que je ne fus pas mariée, alors que moi, la première fois que je vous ai vu, je devins si folle de vous que j'aurais refusé de prendre pour époux le fils du roi de France (je sais bien à quoi m'en tenir maintenant !) ; eh bien, on me prendrait pour la mère de sa femme ! Et pourtant, je n'étais qu'une jeune adolescente lorsqu'elle était une grande jeune fille ; et ce n'est pas pour le plaisir que j'ai connu ! Dieu peut bien être loué pour tout cela !

— Quoi, diable ! laissons tomber ce sujet de conversation, dit-il, et examinons, vous et moi, comment nous ferons et où je prendrai l'argent. Par Dieu, vous connaissez bien notre situation : si nous dépensons maintenant le peu de bien que nous avons, nous nous retrouverons dénués de toutes disponibilités, et s'il nous arrive quelque chose, nous ne saurons où trouver de l'argent sans qu'il en résulte une diminution de notre capital. Vous savez aussi que nous devons payer dans huit jours telle chose et telle autre, sinon nous aurons de graves ennuis.

— Par Dieu, Monsieur, dit-elle, je ne vous demande rien. Hélas ! comme Dieu doit m'en vouloir pour m'infliger de telles souffrances ! Je vous en prie, laissez-moi tranquille, car ma tête éclate et vous ne vous rendez pas compte combien je souffre. Je vous conseille de faire dire à nos amies de ne pas venir, car je suis trop mal en point.

— Si, ma mie, dit-il, elles viendront et elles ne manqueront de rien.

— Monsieur, dit-elle, laissez-moi tranquille et ne faites que ce que vous voudrez. »

Alors arrive une des sages-femmes qui veillent sur la dame et elle dit à notre respectable benêt :

« Monsieur, ne la contrariez pas en lui parlant, car c'est

très dangereux pour une femme, faible, de petite corpulence et qui a la tête vide. »

Puis elle tire les rideaux qui entourent le lit.

La dame ne veut donc pas se réconcilier avec le brave mari, parce qu'elle attend ses amies qui joueront bien la comédie : les unes et les autres harcèleront le mari de tant de traits que de lui-même il se dressera : on dirait un chien qui, le billot au cou, garde les brebis. De son côté donc, le pauvre benêt fait préparer le déjeuner, selon son train de vie ; il s'y donne à fond et il commandera moitié plus de mets qu'il n'en avait prévu au début, à cause des pointes décochées par sa femme. Bientôt arrivent les amies ; le bonhomme va les accueillir ; il leur réserve une belle fête et une grande réception ; il se veut si galant qu'il se promène dans la maison, nu-tête ; on le prendrait pour un fou et pourtant il ne l'est pas. Il conduit les amies de sa femme auprès d'elle dans sa chambre. Le premier, il s'approche et lui dit :

« Ma mie, voici vos amies qui sont venues ici.

— Ave Maria, dit-elle, j'aurais préféré qu'elles fussent restées chez elles, et certes elles l'auraient fait si elles savaient le plaisir qu'elles me font !

— Ma mie, dit le respectable benêt, je vous en prie, accueillez-les bien. »

Alors les amies entrent, elles déjeunent, dînent, prennent des collations ; elles boivent tantôt au pied du lit de leur amie, tantôt à la cuve ; elles boivent du vin plus qu'une botte éculée n'absorberait d'eau, engloutissant ainsi la fortune. Parfois, le mari vient voir le baril dans lequel il n'y a plus qu'une pipe [4] de vin, et le pauvre homme, qui est accablé de soucis financiers, va souvent mesurer ce qu'il reste de vin, lorsqu'il constate cette terrible soif des amies. L'une d'elles lui lance un brocard, l'autre jette une pierre dans son jardin. En peu de temps, tout est dépensé. Quant aux amies, elles repartent, bien émoustillées, tout en parlant et en plaisantant, et elles ne s'inquiètent pas d'où vient l'argent. Le pauvre homme court jour et nuit, cherche la robe dont il a été question et d'autres choses, ce qui l'amène, dans certains cas, à grandement s'endetter. Ah, il est maintenant bien reçu ! Tantôt il lui faut entendre la chanson de l'enfant tantôt il lui faut être aux ordres de la nourrice. Et sa femme dira dorénavant que depuis la naissance de son enfant elle a perdu la santé ; maintenant, il doit songer à s'acquitter des dépenses qu'il a faites ; maintenant, il doit restreindre son propre train de vie et accroître celui de sa femme ; maintenant, il devra se contenter d'un vêtement par an, de deux paires de souliers, l'une pour les jours ouvrables, l'autre pour les fêtes, ainsi que d'une ceinture brûlée, vieille de deux ou trois ans.

Le mari est maintenant dans la nasse où il a tant désiré entrer — et il ne voudrait pas être à l'extérieur ; il use ses jours au milieu des douleurs et des tourments qu'il considère comme des joies, vu qu'il ne voudrait pas vivre autrement. C'est pourquoi il est dans la nasse, il y dépérira de jour en jour et finira sa vie dans la misère.

yet again !

1. « Ne cul ne teste », proverbe.
2. « Il n'est jeu qu'aux joueux », proverbe.
3. Pour faire un coulis de chapon, cuire longtemps un poulet, broyer ensuite viande et os au mortier, puis l'enlever du bouillon, filtrer le bouillon et le sucrer. (Recette donnée par *Le Ménagier de Paris*.)
4. La pipe est une mesure de capacité, variable selon les régions ; elle peut, dans l'ouest de la France, désigner trois cents litres de vin.

La Quatrième Joie

La quatrième joie est celle qu'éprouve celui qui est marié qui est resté dans cet état, qui y demeure pendant six, sept, neuf, voire dix ans — ou plus ou moins —, qui a cinq ou six enfants, qui a connu tous les mauvais jours, toutes les mauvaises nuits, ainsi que tous les malheurs dont on a déjà parlé, tous ou certains d'entre eux. De ce fait, il a passé bien des nuits blanches, sa jeunesse s'est dès lors beaucoup refroidie, si bien qu'il serait temps pour lui de prendre du repos, s'il le pouvait ; il est si épuisé, las, harassé de fatigues et de fardeaux domestiques qu'il est devenu indifférent à ce que sa femme peut dire ou faire : il s'est endurci comme un vieil âne qui, par routine, se laisse piquer de l'aiguillon sans pour autant forcer son allure habituelle.

Le pauvre homme ne perd pas de vue qu'il a une fille ou deux ou trois qui sont bonnes à marier et qui s'impatientent, car, c'est bien visible, elles aiment plaire et séduire. Il arrive que le brave homme n'ait pas beaucoup d'argent, alors qu'il faut à sa fille ainsi qu'à ses autres enfants des vêtements, des chausses, des souliers, des pourpoints, de la nourriture, etc. Ce sont surtout les filles qu'il faut habiller d'une manière séduisante. Pour trois raisons : la première, c'est qu'ainsi elles seront plus vite demandées en mariage par plusieurs soupirants ; la deuxième c'est que s'il ne veut pas le faire maintenant pour elles, il n'en tirera aucun avantage, car sa femme qui, jeune fille, a connu même mésaventure, ne le supporterait pas ; la troisième, c'est qu'elles seront naturellement portées au plaisir et qu'elles ne pourraient y satisfaire qu'à la condition d'être élégantes. D'ailleurs, s'il arrivait que le père ne les habillât pas pour être séduisantes, elles trouveraient bien un moyen de se procurer de jolies toilettes : je ne vous dis pas comment ! Si bien que le brave homme, rendu aux abois de tous côtés par les énormes charges qu'il doit assumer, se retrouvera mal vêtu. Mais peu lui importe pourvu qu'il vive, et c'est bien assez pour lui. Le poisson qui est dans la nasse pourrait encore connaître de bons moments, si on l'y laissait vivre même en dépérissant, mais on abrège ses jours ; ainsi agit-on envers le mari qui est en la nasse du ménage : les tourments dont je parle et bien d'autres innombrables ont raison de lui. C'est pourquoi, voyant les charges mentionnées ci-dessus ainsi que ce qu'il doit faire, comme j'ai dit, il n'a plus qu'un souhait : vivre ; et il se laisse absolument aller, comme un cheval fourbu qui ne se soucie ni de l'éperon ni de ce qu'on peut lui faire. Cependant, il faut qu'il trotte et aille à travers le pays ou pour surveiller ses terres ou pour exercer son commerce : tout dépend de son métier. Peut-être a-t-il deux pauvres chevaux ou un seul ou point du tout. Et voici qu'une affaire l'appelle à six ou dix lieues ; une autre fois, il parcourt vingt ou trente lieues pour assister à une session du tribunal itinérant ou à une séance du parlement où est évoqué un vieux procès ruineux qui dure depuis le temps de son bisaïeul. Il a une paire de bottes vieilles d'au moins deux ou trois ans, et qui ont été si souvent rapetassées par le bas qu'elles sont raccourcies d'un pied et qu'elles n'ont plus aucune forme, car ce qui devait être régulièrement au genou est maintenant au milieu de la jambe. Ses éperons remontent au temps révolu du roi Clotaire ; ils sont à la mode du temps jadis, et l'un d'eux n'a plus de molette. Il a une robe quelque peu relevée, mais vieille de cinq ou six ans et qu'il a pris l'habitude de ne porter que pour les fêtes ou pour sortir. Aussi est-elle à l'ancienne mode, parce que, depuis qu'on la lui a

deceue et scandalisee/et tost apres se par
tit de leans q lescuier en bourgoigne sen
retourna qui aux galans et côpaignôs
de sorte ioyeusement et souuent racôta
ceste son aduenture dessusdicte.

¶ La .xix. nouuelle par phelippe vi-
gnier.

Ardant desir de veoir pays/con-
gnoistre/et scauoir plusieurs ex
periences qui par le monde vniuersel de
iour en iour aduiennêt/nagaires si fort
eschauffa lattrêpe cueur etvertueux cou
raige dung bon et riche marchant de son
dres en angleterre quil abâdôna sa tres
belle et bonne femme/sa belle maignie
denfans/parens/amys/heritaiges/q la
plus part de sa cheuance/et se partit de ce
royaulme asses bien fourny dargent cô

tent et de tresgrâde abondance de mar
chandises dont ledit pays de angleterre
peult dautres pays seruir/côme destain
de ris/et foison dautres choses que pour
cause de briefuete ie passe. En ce premier
voyage vacqua le bon marchant lespa-
ce de cinq ans. pendant lequel temps sa
tresbonne fême garda tresbien son corps
fist son prouffit de plusieurs marchandi
ses et tant et si tresbien se fit que son ma
ry au bout desditz cinq ans retourne be
aucop la loua et plus que par auant ay
ma. Le cueur audit marchant non enco
res content/tant dauoir veu et congneu
plusieurs choses estrâges et merueilleu
ses/côme dauoir gaigne largemêt dar
gent se fit arriere sur la mer bouter cinq
ou six mois puis son retour /et sen reua
a lauenture en estrange terre tant de vpi
ens comme de sarrasins/et ne demoura
pas si peu que les dix ans ne fussêt pas
sez/ains que sa femme le reuist.trop bie
lup escriuoit q asses souuent· a celle fin
quelle sceust quil estoit encores en vie.
Elle qui ieune estoit et en bon point q d
faulte nauoit de nulz biens de dieu fors
seulemêt de la presence de son mary fut
contrainte par son trop demeurer de prê
dre vng lieutenât qui en peu dheure luy
fist vng tresbeau filz. ce filz fut nourry
q conduit auec les autres ses freres dûg
couste/q au retour du marchât mary de
sa mere auoit ledit enfant enuiron sept
ans. La feste fut grande a se retour den
tre le mary q la femme/et comme ilz fu
rent en ioyeuses deuises et plaisans pro

faite, la mode vestimentaire a changé. Assiste-t-il à un jeu
dramatique ou à une importante mise en scène, il est si
obsédé par les affaires de son ménage qu'il ne goûte pas le
spectacle. Lorsqu'il est en chemin, il vit à peu de frais ainsi
que ses chevaux, lorsqu'il lui arrive d'en avoir. Il a un
serviteur tout déguenillé, qui porte une vieille épée gagnée
par son maître à la bataille de Flandres ou ailleurs ; et un
costume tel que chacun s'aperçoit bien qu'il n'était pas né
lorsque le vêtement fut taillé ou du moins qu'il n'a pas été
taillé sur lui, car les coutures des épaules tombent trop bas ;
et encore il porte deux vieilles besaces dans lesquelles notre
brave homme avait enfoui son harnachement lors de la
bataille de Flandres, ou bien il a d'autres équipements :
tout dépend du rang de son maître.

Bref, le bonhomme fait du mieux qu'il peut et à moin-
dres frais, car chez lui il ne manque pas de gens pour faire
des dépenses. Il ne s'y connaît guère en affaires et en droit,
aussi est-il plumé par des avocats, des officiers de justice,
des greffiers. Dès qu'il le peut, il s'en revient chez lui, certes
parce qu'il a grande envie de revenir, mais aussi pour ne
pas demeurer plus longtemps sur les routes, à cause des
énormes frais que le voyage entraîne. Il lui arrive parfois
de rentrer à la maison à une heure qui est aussi proche du
matin que du soir, et de ne pas trouver de quoi souper, sa
femme et toute sa maisonnée se trouvant au lit ; mais il fait
contre mauvaise fortune bon cœur, car il en a l'habitude.
Quant à moi, je crois que Dieu n'inflige adversité aux
hommes qu'à proportion de l'aptitude et des qualités natu-
relles qu'Il leur connaît bien pour souffrir avec résignation ; Dieu, je le crois, n'envoie le froid aux gens que dans
la mesure où ils sont bien emmitouflés. Et s'il arrive au
contraire que le brave homme rentre chez lui de bonne
heure, très las et harassé, s'il est tourmenté, tracassé par le
souci de ses affaires, alors qu'il s'imagine être arrivé à bon
port (il oublie qu'il a déjà été reçu plus d'une fois comme il
va l'être), voici que sa femme lui lance des reproches et
tempête contre lui dans toute la maison. Et, sachez-le bien,
quelque ordre qu'il puisse donner, ses serviteurs n'en

feront rien, car ils sont tout à la dévotion de la maîtresse de maison ; elle les a si bien dressés que s'ils faisaient quelque chose contraire à ses instructions, ils seraient contraints d'aller chercher ailleurs du travail : ils le savent d'expérience. C'est pourquoi il perd son temps et sa peine à donner un ordre qui ne plairait pas à Madame. Quant au pauvre serviteur qui l'a accompagné, s'il demande quelque chose pour lui ou pour ses chevaux, il sera regardé d'un œil soupçonneux et si mal reçu qu'il n'osera rien dire. Et ainsi le brave homme, qui est un sage et qui ne veut pas susciter de disputes ni jeter le trouble dans la famille, supporte tout avec résignation : même s'il a grand froid, il va s'asseoir bien loin du feu qu'entourent sa femme et ses enfants. Parfois il observe le comportement de sa femme : méchante et changeante, elle ne tient nul compte de lui ni de son devoir de faire préparer le souper, mais elle grommelle, lui lance des paroles contrariantes, cuisantes, toujours accablantes pour le pauvre mari qui ne dit mot. Bien souvent, comme il a faim et qu'il est harassé, excédé par la conduite insensée de sa femme laissant croire qu'il n'y a rien dans la maison, il arrive qu'il soit sur le point de se mettre en colère.

« Vraiment, Madame, vous ne pensez qu'à vous ! Je suis las et harassé ; je n'ai ni bu ni mangé aujourd'hui, je suis trempé jusqu'à la chemise, et vous ne vous en préoccupez pas plus que de me préparer à dîner ou de m'aider en quoi que ce soit.

— Ah oui, par ma foi, vous en avez fait de belles ! Comme vous aviez emmené notre serviteur, je n'ai eu personne pour faire rouir mon lin et mon chanvre dans l'eau, et j'ai ainsi perdu plus d'argent que vous n'en gagnerez, j'en jure Dieu, en quatre ans. Il y a longtemps que je vous ai dit, de par tous les diables, de faire fermer notre poulailler, eh bien, la martre m'a mangé trois de mes poules couveuses ; vous pourrez aisément constater ce qu'il nous en coûte. Ah, par Dieu, si vous vivez, vous serez l'homme le plus pauvre qu'ait compté votre famille.

— Ah, chère femme, dit-il, ne parlez pas ainsi. Dieu

merci, j'ai beaucoup de gens bien comme il faut dans ma
famille, j'en ai et j'en aurai toujours, s'il plaît à Dieu.

— Quoi, dit-elle, vous parlez de gens bien comme il faut
dans votre famille ? Par sainte Marie, je ne sais où ils sont,
mais du moins, je n'en vois guère qui valent quelque
chose.

— Mais si ; par Dieu, Madame, il y en a et de remar-
quables.

— Alors, que vous apportent-ils ? dit la dame.

— Ce qu'ils m'apportent ? dit cet homme plein de
sagesse. Mais que m'apportent les vôtres ?

— Que vous apportent mes amis ? dit la dame. J'en jure
Dieu, s'ils n'étaient pas là, votre situation ne serait pas
brillante.

— Ah, mon Dieu, laissons ce sujet pour le moment.

— En vérité, dit-elle, ils sauraient bien quoi vous répondre, si vous leur en parliez. »

Alors le bonhomme se tait, car, peut-être, craint-il
qu'elle ne rapporte à ses amis qu'il dit du mal d'eux : elle
est en effet d'une meilleure famille que la sienne.

C'est alors que se met à pleurer un de ses jeunes enfants,
peut-être est-ce celui que préfère le brave homme ; sa
femme prend alors un fouet et le rosse très fort, avant tout
pour faire enrager le père. Alors cet homme plein de
sagesse lui dit :

« Chère femme, ne le battez pas ! » et il veut paraître
furieux.

Et elle de lui dire :

« Ah çà ! par le diable, ce n'est pas vous qui avez la peine
de les élever, cela ne vous coûte guère, tandis que moi, jour
et nuit, je suis sur pied ! Que la peste les frappe !

— Ah, ah, chère femme, quelles méchantes paroles !

— Allons donc, Monsieur, dit la nourrice, vous ne savez
pas toute la peine que se donne Madame et tout ce que ces
enfants nous font endurer pour les élever.

— Je vous le jure, Monsieur, dit la femme de chambre,
vraiment vous devriez avoir honte ; vous arrivez, toute la

maison devrait être réjouie de votre retour, et vous ne faites que chercher noise.

— Chercher noise ? reprend-il ; je vous le jure, cela ne tient pas à moi. »

Voilà toute la famille montée contre lui ; aussi le brave homme, se voyant acculé de tous côtés, ainsi qu'il l'a été maintes fois, sent bien qu'il ne gagnerait rien à rester. Il s'en va donc souvent se coucher sans souper, sans feu, tout trempé et transi de froid. Dîne-t-il, c'est Dieu sait comme ! et avec quel confort et avec quel plaisir ! Ensuite il va se coucher et veut dormir et entend les enfants crier toute la nuit ; parfois, la femme et la nourrice les laissent crier exprès pour le faire enrager.

Ainsi passe-t-il la nuit au milieu des tracas et des tourments, mais il se croit très heureux, vu qu'il ne souhaiterait pas connaître un autre état. C'est pourquoi il est dans la nasse et il y demeurera toujours, et il finira ses jours dans le malheur et la misère.

La Cinquième Joie

La cinquième joie de mariage arrive lorsque le brave homme qui est marié a été maté, las des grandes fatigues et des lourdes peines qu'il a endurées et supportées pendant longtemps ; les ardeurs de sa jeunesse se sont beaucoup refroidies. De plus, il se trouve qu'il a une femme d'un milieu plus élevé que le sien ou bien une femme plus jeune, deux points très importants, car il n'y a pas de moyen plus sûr de se détruire que de se laisser prendre dans ces deux sortes de liens. En effet, ce sont des choses incompatibles, et vouloir les accorder, c'est agir contre nature et contre la logique. Parfois, ils ont des enfants, mais ils peuvent aussi ne pas en avoir. La dame, néanmoins, ne s'est pas donné autant de peine que le mari plein de sagesse qui, lui, s'est épuisé au travail pour qu'elle ne manque de rien et puisse avoir les toilettes qu'elle voulait toujours coquettes et de très grand prix. Et encore, s'il n'y avait que cela, mais il doit toujours faire davantage, car elle ne veut pas rabaisser sa lignée, et le mari se tient très honoré de ce que, grâce à Dieu, il a pu l'avoir pour femme. Et il arrive souvent, dans leurs disputes, qu'elle lui dise, comme pour le provoquer, que ses amis ne la lui ont pas donnée pour qu'il la mette sur la paille, qu'elle sait bien de quelle grande famille elle est issue, que, quand elle voudra écrire à ses frères ou à ses cousins, ils viendront aussitôt la chercher. C'est pourquoi, malgré les paroles qui sortent de sa bouche, il n'ose porter la main sur elle. Ainsi est-il, à mon avis, dans un véritable esclavage. Peut-être bien d'ailleurs que les parents de la dame lui eussent fait faire un plus grand mariage et ne l'auraient pas donné au brave homme si, en sa jeunesse, elle n'avait commis quelque peccadille, par je ne sais quelle malchance due à un accès de passion. Il n'en avait rien su ou bien, dans certains cas, il avait bien eu vent de certains ragots, mais le bonhomme, qui est de bonne foi — une vraie crème de crédulité — écouta plusieurs bonnes gens qui lui jurèrent que tout cela n'était que médisances méchamment inventées et sans fondement pour nuire à cette honnête demoiselle, noble ou bourgeoise ; et bien d'autres, comme elle, ont été calomniées, absolument à tort, Dieu le sait bien, par l'un de ces jeunes coqs qui parcourent les rues et qui médisent des femmes bonnes, honnêtes et sages, lorsqu'ils n'en peuvent rien obtenir.

Toujours est-il que la bonne dame observe son mari et constate qu'il a délaissé les plaisirs et les jeux de l'amour, pour ne plus songer qu'à acquérir de l'argent ou de la terre. Dans certains cas, il n'a pas beaucoup d'argent ; aussi est-il dur à la dépense, ce qui ne plaît pas à sa femme, parce qu'elle veut toujours suivre la dernière mode, tant pour les robes, pour les ceintures que pour tout autre accessoire, comme elle le voit faire dans les bonnes compagnies qu'elle fréquente, aux bals et aux fêtes où elle se rend souvent avec ses cousines, ses amies et puis aussi son cousin (d'aventure, il n'est pas du tout de sa famille). Et dans certains cas, comme elle ne manque de rien, comme elle goûte d'infinis plaisirs et d'infinies délices dans ces fêtes et ces bals auxquels elle est sans cesse conviée, comme elle y voit et entend dire mille choses agréables, il arrive parfois qu'elle manque au respect dû à un mari et qu'elle se choisisse un ami à son goût. Et, dans ces conditions, plus question pour elle d'éprouver du désir pour son mari ; c'est qu'il est totalement différent de son ami, car il est avare, toujours soucieux et tracassé, alors qu'elle ne s'intéresse pas comme lui à toutes ces questions d'argent : elle est dans sa pleine jeunesse et veut l'employer agréablement à goûter de grands plaisirs. Elle se rend donc souvent là où elle est sûre de pouvoir rencontrer un ami frais, dispos et bien fait.

Quelquefois, il arrive qu'elle reste un long moment sans pouvoir le rencontrer comme il le mérite. Mais elle vient de recevoir un message lui fixant un rendez-vous pour demain, à telle heure. Alors, le soir, lorsque son brave homme de mari veut, au lit, se livrer avec elle à quelques ébats amoureux, elle, qui a bien en mémoire que demain, à telle heure, elle doit voir son ami, trouve un moyen de se refuser : elle dit qu'elle est malade, il ne la touchera donc pas. C'est qu'en réalité elle n'apprécie pas ce que lui donne son mari : il fait trop peu de choses en comparaison de son amant. En outre, il y a huit jours ou plus qu'elle n'a vu son ami, insatiable d'amour fou, car il se peut qu'il ait veillé et traîné longtemps sa langueur par les rues et les jardins, sans avoir pu s'entretenir avec elle d'une manière digne de leur amour. Aussi le lendemain, lorsqu'il pourra venir, il fera des choses merveilleuses, parce qu'il la désire mais surtout parce qu'il est pressé de la posséder. Peut-être aussi auront-ils tout le loisir de rester ensemble, de se donner l'un à l'autre tous les plaisirs qu'on pourrait imaginer. Et, sachez-le, elle fait à son amant mille choses, elle lui révèle des secrets en amour et se dépense en maintes petites minauderies qu'elle n'oserait faire devant son mari. Son ami de même lui procurera tous les plaisirs qu'il pourra : il lui fera mille petites caresses qui la combleront de plaisir, ce que nul époux ne saurait faire. Et si son mari avait bien su le faire avant d'être marié, il l'a certes oublié, parce qu'il se laisse aller et se conduit comme une bête dans ce domaine ; d'ailleurs il ne voudrait pas lui faire de telles caresses, parce qu'il aurait l'impression d'apprendre à sa femme des choses qu'elle ignore.

Lorsque la dame a un ami à son goût et lorsqu'ils peuvent se retrouver après avoir beaucoup attendu, ils se donnent tant de plaisirs que nul ne saurait les décrire ; aussi ce que fait le mari n'est-il pas apprécié. Après de telles jouissances, la dame éprouve dans les bras de son mari le même plaisir qu'un goûteur de vin éprouverait à boire de la piquette après un bon hypocras [1] ou un bon pineau. En effet, si quelquefois, lorsque l'on est assoiffé, on boit de la piquette qui sent son vieux fût et si on le trouve très bon au moment où on le boit, parce que l'on a grand-soif, en revanche, après l'avoir bu, on lui trouve un mauvais arrière-goût, et, vous pouvez me croire, pour en reboire il faudrait ne pas en trouver de meilleur. Sachez aussi que la dame qui a un ami à son goût prend quelquefois un second amant pour calmer sa soif et faire passer le temps, lorsque le premier se voit contraint de s'absenter. Et, dans ces conditions, lorsque son mari désire la prendre, elle se refuse à lui et lui dit :

« Par Dieu, mon ami, laissez-moi tranquille, attendez demain matin.

— Non, ma mie, je n'attendrai pas ; tournez-vous vers moi.

— Par Dieu, mon ami, vous me feriez grand plaisir, si vous me laissiez tranquille jusqu'à demain. »

Alors le brave homme, qui n'ose pas lui déplaire, se retourne et la laisse jusqu'au matin.

La dame, qui pense à son ami et qui a l'intention de le voir le jour suivant, se dit que son mari ne la touchera pas non plus le lendemain matin. Pour cette raison, elle se lève très tôt et fait mine de bien s'occuper de son ménage, tout en le laissant dormir. Dans certains cas, elle a rencontré son amant, et ils se sont donné du plaisir avant le lever du mari ; ensuite elle fait très bien le ménage ! D'autres fois, il arrive qu'elle ne se lève point ; alors, même avant l'aube, elle se plaint et prend un air languissant de propos délibéré et au moment voulu. Le brave homme, qui l'a entendue, lui demande :

« Qu'avez-vous, ma mie ?

— En vérité, mon ami, j'ai une douleur au côté et au ventre si forte que c'est inimaginable. Je crois bien que c'est mon mal habituel.

— Ma mie, tournez-vous vers moi.

— Par Dieu, mon ami, je suis incroyablement chaude et je n'ai pu dormir cette nuit. »

Alors il l'embrasse et la trouve effectivement bien chaude.

« Oui, c'est vrai », conclut-il.

Mais si elle est chaude, ce n'est dû ni au mal habituel dont elle a parlé ni à celui qu'il imagine ; en effet, elle s'est tant vue en rêve avec son ami qu'elle en est tout en sueur. Le brave homme la couvre bien pour que le vent n'entre pas et qu'elle reste confinée dans sa sueur puis il lui dit :

« Ma mie, gardez bien votre sueur, je ferai bien tout ce qu'il y a à faire. »

Alors il se lève sans feu, parfois sans chandelle. Et lorsque le moment est venu pour elle de sortir du lit, il lui fait préparer un bon feu et elle de s'endormir bien contente, tout en riant au fond d'elle-même.

Une autre fois, lorsque le brave homme a envie de s'adonner avec elle à quelques ébats amoureux et que, comme on l'a vu plus haut, elle a déjà plusieurs fois invoqué des excuses, elle trouvera encore un moyen, si elle le peut, de se dérober une nouvelle fois, parce qu'elle n'apprécie pas sa manière de faire. Quoi qu'il en soit, comme il a besoin de faire l'amour, il l'embrasse, la prend par le cou (Dieu sait le plaisir qu'elle en éprouve, si elle est comme on l'a décrite). Elle dit alors :

« Plût à Dieu, mon ami, que vous ne me fissiez plus jamais l'amour avant que moi-même je vous en eusse parlé la première.

— Et comment pourriez-vous ne pas le faire ?

— Je le jure sur mon âme, non, je pense que je ne pourrai plus faire l'amour, et il me semble que cela vaudrait mieux. D'ailleurs si, avant mon mariage, j'avais su ce que c'était, je n'aurais jamais été mariée.

— Que diable, dit-il, et pourquoi vous êtes-vous donc mariée ?

— Ma foi, je ne sais pas ; j'étais une jeune fille et je faisais ce que mon père et ma mère me disaient de faire (cependant, dans certains cas, elle avait déjà goûté à la chose !).

— Qu'est-ce à dire ? Je ne vous ai jamais entendu soutenir ce point de vue. Je ne sais ce que cela veut dire.

— Je le jure sur mon âme, mon ami, si ce n'était pour vous donner du plaisir, je ne voudrais point le faire. »

Le brave homme est bien content de ce qu'elle lui dit et il pense au fond de lui que sa femme est devenue frigide et que la chose ne lui fait ni chaud ni froid. Comme, dans certains cas, elle est pâle, grêle et de petite corpulence, il la croit d'autant mieux. Alors il l'embrasse, la prend par le cou et fait tout ce dont il a envie, mais la dame, qui se souvient de bien d'autres choses, voudrait être ailleurs ; elle le laisse faire, mais la chose lui pèse ; elle reste passive et ne bouge pas plus qu'une pierre. Et le brave homme de se donner bien du mal, mais il est lourd et pesant, et il ne sait pas se remuer comme d'autres le feraient. La dame tourne alors un peu la tête de côté, car tout cela ne vaut pas le bon hypocras qu'elle a bu avec d'autres : le dégoût lui vient et elle dit à son mari :

« Mon ami, vous me faites mal partout ; aussi, vous n'y gagnerez rien de plus. »

Le brave homme essaie alors de se faire le plus léger possible pour ne pas lui faire mal ; il se dépense pendant un long moment, mais il s'en sort bien difficilement ; il a peur de recommencer une seconde fois parce qu'il est fatigué mais aussi parce qu'il redoute de déplaire à sa femme : il s'imagine en effet qu'elle n'en a pas envie. Elle le conduit à sa guise de telle sorte qu'il s'imagine qu'elle a un petit tempérament ; il se trouve qu'elle est très pâle, et il la croit d'autant mieux.

Mais s'il arrive que cette même dame veuille obtenir de son mari une robe ou autre chose, elle connaît son caractère (par exemple, c'est un homme qui sait bien comment dépenser son argent) et s'arrange pour trouver le bon moment afin d'obtenir tout ce qu'elle demande. Et lorsqu'ils sont dans leur chambre en train de jouir des plus grands plaisirs et que la dame voit qu'il la désire, elle lui réserve un accueil merveilleusement agréable et inaccoutumé, car femme experte connaît mille nouvelles manières de faire bonne figure quand elle le veut. Et, ce faisant, elle fait grand plaisir au pauvre mari qui n'a pas l'habitude d'être à pareille fête. Alors elle le prend par le cou, l'embrasse, et le brave homme lui dit :

« En vérité, ma mie, j'ai l'impression que vous voulez me demander quelque chose.

— Par Dieu, mon ami, je ne vous demande rien si ce n'est de me faire mille caresses. Plût à Dieu que je n'eusse d'autre paradis que d'être dans vos bras ! Par Dieu, je n'en souhaiterais point d'autre. En vérité, que Dieu accepte de me venir en aide, car jamais ma bouche n'a touché une autre bouche que la vôtre et celle de vos cousins qui sont aussi les miens et que vous me demandez d'embrasser lorsqu'ils viennent ici. Mais je crois qu'il n'y a pas d'homme au monde plus doux ni plus aimable que vous.

— Il n'y en aurait pas, ma mie ? Pourtant certain écuyer l'était bien qui s'imaginait devenir votre mari.

— Fi ! Fi ! Je vous le jure sur mon âme, dès que je vous ai vu — et encore était-ce de bien loin et je ne fis que vous entrevoir —, je n'aurais jamais plus voulu épouser quelqu'un d'autre, eût-il été dauphin de France. Je crois que c'était là la volonté de Dieu — mon père ou ma mère auraient-ils voulu me le donner pour époux, jamais je ne l'aurais accepté. Je ne sais pourquoi, mais je crois que c'était mon destin. »

Alors il prend son plaisir, et la dame se montre agile et alerte. Puis elle dit au brave homme :

« Mon ami, savez-vous ce que je vais vous demander ? Je vous supplie de ne pas me le refuser.

— Je ne vous le refuserai pas, si cela m'est possible.

— Savez-vous ce que vous m'avez promis ? La femme d'un tel a maintenant une robe fourrée de " bon gris [2] " ou de " petit-gris ". Je vous en prie, faites que j'en aie une. Je vous le jure sur mon âme, je ne vous le demande pas par désir d'être admirée mais parce que, me semble-t-il, vous êtes en état de me donner un train de vie convenable aussi bien que son mari, si ce n'est plus. Pour ne parler que de moi, comment pourrait-elle, au plan physique, soutenir la comparaison avec ce que je suis ? Je ne le dis pas pour me louer, mais, par Dieu, je le fais pour lui rabattre le caquet plus que pour toute autre raison. »

Alors le mari plein de sagesse, qui, selon les cas, est avare ou bien pense qu'elle a assez de robes, réfléchit un moment et lui dit :

« Ma mie, n'avez-vous pas assez de robes ?

— Mon Dieu, oui. Personnellement être vêtue d'une robe de bure me serait indifférent, mais c'est honte aux yeux des autres.

— Qu'importe, ma mie, laissez-les parler. Nous n'avons besoin ni d'eux ni de leurs conseils.

— Par Dieu, sans doute, mon ami, mais auprès d'elles j'ai l'air d'une femme de chambre, et même auprès de ma sœur, et je suis l'aînée, ce qui aggrave la chose. »

Dans certains cas, le mari lui donnera ce qu'elle demande, et pour son plus grand dommage, car elle sera encore plus à même qu'avant de se rendre aux fêtes et aux danses ; et certain qu'on ne soupçonnerait point se servira de ce qu'il y a sous la robe.

Si le mari ne lui donne pas ladite robe, sachez que, puisqu'elle a décidé de l'avoir et qu'elle y va de bon cœur et dans la joie, elle l'obtiendra, peu importe le moyen et le prix. Peut-être a-t-elle un ami, mais il n'est pas assez riche pour la lui offrir, car parfois il s'agit d'un pauvre jeune coq dont elle assure le train de vie. C'est pourquoi elle s'intéressera à un autre séducteur qui a voulu l'autre jour lui donner un diamant, lors d'une fête où elle se trouvait, et qui lui a envoyé par sa femme de chambre vingt ou trente écus d'or ou même davantage, écus qu'elle n'a pas voulu prendre trop vite. Malgré ce net refus, elle lui lancera encore des regards charmeurs, si bien que le gentil séducteur parlera à nouveau à la femme de chambre de la dame qu'il rencontrera à la fontaine ou ailleurs :

« Jeanne, mon amie, lui dira-t-il, j'ai à vous parler.

— Monsieur, lorsqu'il vous plaira.

— Mon amie, vous savez l'amour que je porte à votre maîtresse ; je vous en prie, dites-moi si elle vous a quelquefois parlé de moi.

— Ma foi, dit la femme de chambre, elle n'en dit que du bien, et je sais bien qu'elle ne vous veut point de mal.

— Ah, mon Dieu, Jeanne, mon amie, souvenez-vous de moi, recommandez-moi à elle, et, je vous le jure, vous aurez une robe ; prenez là ce que je vous donne.

— Non, assurément, je ne l'accepterai point.

— Par Dieu, prenez-le et, je vous en prie, demain donnez-moi de vos nouvelles. »

La femme de chambre s'en va et dit à la dame :

« Ma foi, Madame, tout va bien, j'ai trouvé des gens assez fortunés.

— De qui s'agit-il ?

— Je vous le jure sur mon âme, Madame, il s'agit d'un tel.

— Et que vous a-t-il dit ?

— Par ma foi, tout va bien pour nous jusqu'à la prochaine session du tribunal, car il est atteint de la maladie d'amour, et son état est tel qu'il ne sait ce qu'il fait.

— Par Dieu, Jeanne, il est beau et séduisant.

— Assurément, vous êtes dans le vrai, c'est le plus beau de tous ceux que j'ai vus venir ; il est riche, très capable d'être fidèle en amour et il comblerait de biens sa dame.

— Mon Dieu, Jeanne, dit la dame, je ne peux rien obtenir de mon mari, il agit comme un fou.

— Aussi vrai que Dieu existe, Madame, c'est une grande folie d'endurer tout cela.

— Mon Dieu, Jeanne, j'aime tant et depuis si longtemps celui que vous savez que mon cœur ne pourrait se donner à un autre homme.

— Je vous le jure, Madame, c'est une folie de donner son cœur à un homme sur cette terre, car ils ne s'occupent plus des pauvres femmes une fois qu'ils les ont séduites, tant ils sont fourbes. Et vous savez, Madame, que loin de vous procurer quelque bien, celui dont vous parlez vous

coûte cher à entretenir. Pour l'amour de Dieu, Madame,
songez-y ! Au contraire, celui dont je vous ai parlé,
Madame, m'a dit qu'il vous assurera un grand train de vie ;
ne vous préoccupez plus de vos robes, car vous en aurez
beaucoup et de toutes les couleurs. Il faut seulement se
soucier de trouver une manière de dire à Monsieur qui
vous les a données.

— En vérité, Jeanne, je ne sais que faire.

— Je vous le jure sur mon âme, Madame, réfléchissez
bien, car j'ai promis de lui en parler demain matin.

— Et comment ferons-nous, Jeanne ?

— Madame, laissez-moi faire ! Je me rendrai demain à
la fontaine, je suis sûre de le rencontrer en chemin pour me
parler, mais je lui dirai que vous ne voulez consentir à rien
de ce que je vous rapporte, tant vous redoutez le déshonneur : il en concevra quelque espoir, et, à partir de là, nous
reprendrons l'affaire, et, à mon avis, je réussirai. »

Alors la femme de chambre s'en va le matin à la fontaine
pour y rencontrer le séducteur. Bien qu'il soit là depuis
trois heures, elle le fait attendre tout exprès, car seules ont
vraiment du prix les amours achetées bien cher. Il vient
donc vers elle, la salue et lui dit :

« Quelles sont les nouvelles, Jeanne, mon amie ? Que
fait votre maîtresse ?

— Par ma foi, dit-elle, elle est restée à la maison bien
sagement et bien triste.

— Et pourquoi donc, mon amie ?

— Ah, ma foi, Monsieur est un homme si méchant qu'à
la maison l'atmosphère n'est pas du tout bonne pour
Madame.

— Ah, ah, maudit soit-il ce grossier cul-terreux, dit le
séducteur.

— Que Dieu vous entende ; car nous ne pouvons plus
continuer à vivre avec lui à la maison.

— Dites-moi donc, Jeanne, ce qu'elle vous a dit.

— Je vous le jure, je lui ai parlé de votre proposition,
mais elle ne pourrait jamais y donner son accord, tant elle a
une peur incroyable de son mari : elle a affaire à un homme

si méchant ! Même si elle voulait maintenant consentir à ce que vous souhaitez, elle ne pourrait rien faire tant la surveillent son père, sa mère et tous ses frères. Je crois que la pauvre femme, depuis quatre ans que je demeure avec elle, n'a jamais adressé la parole à un homme, sauf à vous l'autre jour ; et pourtant il lui souvient toujours de vous ; et je suis sûre, d'après ce que je peux savoir, que, si elle décidait de donner son amour, elle ne vous repousserait pour aucun autre.

— Jeanne, mon amie, je vous prie à mains jointes, menez à bien mon affaire, et je serai votre obligé à jamais.

— Je vous le jure, je lui en ai parlé, par amour pour vous, car, ma foi, je ne me suis jamais mêlée de telles choses.

— Hélas ! ma mie, conseillez-moi. Que dois-je faire ?

— Je vous le jure, dit-elle, le mieux sera d'aller lui parler à elle ; le moment vient à point, car son mari lui a justement refusé une toilette qu'elle lui avait demandée, et elle en est très contrariée. Je vous conseille d'aller demain à l'église la saluer, lui exposer hardiment votre affaire et lui faire voir ce que vous allez pouvoir lui donner, même si — j'en suis sûre — elle refusera de le prendre. Mais, ainsi, elle vous en estimera davantage et reconnaîtra là une générosité qui vous fait honneur.

— Hélas ! mon amie, je voudrais qu'elle accepte ce que je veux lui donner !

— Ma foi, elle ne le prendrait jamais, car vous ne pourriez voir une femme plus soucieuse de son honneur et plus effarouchée ; je vais vous dire plutôt ce que vous pourrez faire : ne la brusquez pas ; par la suite, vous me confierez ce que vous voudrez lui donner, et je m'arrangerai, si je le peux, pour le lui faire accepter ; je ferai au moins de mon mieux.

— En vérité, Jeanne, vous parlez d'or ! »

Jeanne s'en va en riant retrouver sa maîtresse.

« Pourquoi riez-vous, Jeanne ? dit la dame.

De faire foznication
Si ne Vus Jrez plus monftrer
Pour Vo' faire aup ribaulp oultrer
Ais oz me dites sans contreuue
Celle auftre riche robbe neufue
Dont laultre Jour si Vus paraftes
Quant aup carofles en alaftes
Car bien congnois et rayson ap
Quonques cefle ne Vus donnay
Par amour ou lauez Vus prise
Vous mauez iure sans faintise
Et fainet philibert et fainct pere
Quefle Vus Vint de Voftre mere
Qui le drap Vus en enuoya
Car si grant amour a moy a
Ainsi que me faictes entendze
Qui bien Veuft ses deniers defpēdze
Pour me faire les miens gardez
Viue la puifle en lardez
Lorde Vielle putain preftrefle
Maquerelle et fort charmerefle
Et Vus auffi par Voz merites
Sil neft ainfi comme Vus dictes
Certes Je lup demāderay
Mais en Vain me trauailleray
Tout ne me Vauldza Vne bifle
Tefle la mere tefle la fifle
Bien scay parle auez enfemble
Vos deup auez comme me femble
Les cueurs dune Verge touchiez
Bien Voy de quel piez Vo' clochtez
Lorde Vielle putain fardee
Seft a Voftre accozds accozdee
Aultre foys a cefte hart tozse
De maint maftin a efte mozse
Tant a diuers chemins traffiez
Mais tant eft son Vis effaciez
Que riens ne peut faire de soy
Si Veuft de Vus faire lefsay
Et Vient ceans et Vus emmaine
Troys foys ou quatre la fepmaine

Et faint nouueaulp pellerinages
Selon les anciens Vsaiges
Car ten seay toute la conuine
Et de Vus promener ne fine
Comme len faict cheual a Vendze
Et prent et Vous a prēt a prendze
Cuidez Vous que ne Vo' cōgnoifle
Qui me tient que ie ne Vous froifle
Les oz comme poucin en pafte
De ce peftail et de ceft hafte

Comment le Jaloup se debat
A sa femme et si fort la bat
Que robbe et cheueulp lup defire
Par sa ialoufie et par Jre

Lozs la prent au poins de Venue
Cil qui de maltalent treffue
Par les trafles et sache et tire
Ses cheueulp lup rompt et deffire
Le Jaloup et sur lup saourse
Pour neant fut leon sur ourse
Par toute la mayson la traine
par grāt courroup et par grāt haine
Et la dange maflement
Ne Jl ne Veuft par nul serment
Receuoir epcusacion

J ii

— Je le jure sur mon âme, Madame, j'en connais un qui doit être nerveux.

— Comment ?

— C'est que, Madame, il ira demain vous parler à l'église. »

Alors elle lui raconte toute l'affaire. Et elle lui dit : « Conduisez-vous en femme très sage : restez très distante. Toutefois, ne le rebutez pas trop, à la limite ne lui dites ni oui ni non. »

La dame se rend à l'église où le séducteur vient de passer trois heures dans le recueillement à faire ses dévotions, Dieu en est témoin ! Le voici dans un lieu où il serait déshonorant pour lui de ne pas venir offrir de l'eau bénite à cette dame et aux autres femmes de condition qui l'accompagnent ; il leur en offre et elles le remercient, mais le pauvre homme leur ferait plus grand service encore s'il le pouvait et si elles le désiraient. Il remarque que Madame reste toute seulette sur son banc à réciter les prières de son livre d'heures ; elle a soigné sa mise avec le plus d'élégance possible et elle se tient tout immobile comme une statue. Il s'approche d'elle et ils parlent ensemble, mais elle ne veut rien lui accorder, elle ne veut rien accepter de lui ; cependant, la manière dont elle lui répond chaque fois lui fait bien comprendre qu'elle l'aime beaucoup, qu'elle ne redoute que le déshonneur ; aussi en est-il bien content.

Ils se séparent. La dame et sa femme de chambre tiennent alors conseil avant de décider de la conduite à tenir. Et la femme de chambre de dire :

« Je suis sûre, Madame, que maintenant il a grande envie de me parler : je vais lui dire que vous ne voulez rien entendre et que j'en suis bien marrie, tant il me fait pitié. Je lui expliquerai que Monsieur s'est absenté ; qu'il vienne donc vers le soir, et je l'introduirai dans la maison puis dans votre chambre, comme si vous n'étiez au courant de rien. Vous ferez semblant d'être très fâchée ; mettez-le à la torture afin qu'il ne vous en apprécie que davantage, dites-lui que vous allez crier " au viol ! ", appelez-moi, et parce que vous n'aurez rien accepté de lui, il vous en

estimera davantage et se montrera encore plus généreux
que si vous en aviez tiré quelque chose avant même
d'avoir prêté la main à son projet. Mais j'aurai par devers
moi ce qu'il doit vous donner parce que dès demain il doit
me le remettre ; ensuite, je lui dirai que vous n'avez pas
voulu l'accepter ; je lui demanderai, vu ce qui s'est passé,
de me donner de quoi vous acheter une robe. Alors, devant
lui, vous me reprocherez vivement d'avoir accepté son
cadeau et de ne pas le lui avoir rendu. Mais, en tout cas, je
mettrai l'objet en sécurité, car par Dieu, Madame, il y en a
de si rusés qu'ils ont berné plus d'une femme.

— Eh bien, allons ! Jeanne, faites-en ce que vous voudrez ! »

Alors Jeanne s'en va trouver notre séducteur qui lui
demande des nouvelles de sa dame.

« Par Dieu, dit-elle, telle que je la vois, tout est à recommencer, mais comme je me suis mêlée de votre affaire, je
voudrais bien vous voir d'accord, car j'ai peur qu'elle ne
me dénonce à son mari ou à ses amis. Mais, j'en suis sûre,
si je pouvais arriver à lui faire prendre ce que vous lui
donnez, votre affaire serait réglée, et, par Dieu, je vais tout
tenter encore pour le lui faire prendre. C'est le bon
moment, car son mari vient de refuser de lui acheter la
toilette dont elle meurt d'envie d'une manière incroyable. »

Notre séducteur lui remet alors vingt ou trente écus d'or,
et Jeanne lui dit :

« Écoutez mon projet : par Dieu, Monsieur, vous êtes un
homme de bien, et je ne sais ce qui m'a troublé, car, je vous
le jure, je n'ai jamais fait pour un homme ce que je fais
pour vous ; vous savez bien les grands risques que je cours,
car si on venait à en apprendre un seul mot, c'en serait fait
de moi. Mais, parce que j'ai beaucoup d'affection pour
vous, je ferai quelque chose et je me lancerai à l'aventure.
J'en suis sûre, elle vous aime beaucoup. Or Monsieur est
absent, venez donc cette nuit même à notre porte de derrière, et je vous introduirai dans sa chambre (elle a un
sommeil très lourd, car elle n'est qu'une enfant), couchez-

vous auprès d'elle, car je ne vois pas d'autre solution, et
très probablement vous parviendrez à mener à bien votre
affaire, car l'essentiel, c'est d'être à deux, tout nus, dans le
noir, et telle qui, le jour, oppose un refus ne dirait pas non,
la nuit, dans ce cas.

— Ah, ah, Jeanne, mon amie, dit notre séducteur, je
vous en remercie ! Et n'eussé-je qu'un sou, vous y auriez
votre part [3]. »

Lorsque vient la nuit, notre séducteur arrive suivant les
consignes de Jeanne qui a bien tout expliqué à sa maîtresse. Il se couche donc bien discrètement, puis elle, qui
fait semblant de dormir, se sent embrassée ; elle sursaute et
dit :

« Mais qu'est-ce que c'est ?

— Ma mie, dit-il, c'est moi.

— Je le jure par Dieu, ça ne se passera pas ainsi ! »

Elle est sur le point de se lever, appelle Jeanne qui ne dit
mot et qui lui fait défaut juste au moment critique : quelle
situation tragique ! Lorsqu'elle constate que Jeanne ne réa-
git pas, elle s'écrie :

« Ah, ah, je suis trahie ! »

Alors le combat s'engage entre eux, elle s'agite de maintes façons, elle se tord, et à la fin la pauvre femme n'en peut
plus : à bout de souffle, elle se laisse faire violence ; quelle
situation tragique, car une pauvre femme seule ne peut se
défendre. N'eût été la peur du déshonneur, elle eût poussé
d'autres sortes de cris, mais, vu la situation, mieux vaut
sauvegarder son honneur ! Ils accordent leurs instruments
et veillent à leur donner le jeu le plus agréable.

C'est ainsi que se fait le doux travail qui aurait dû revenir à son brave homme de mari. La dame a obtenu maintenant sa toilette, mais elle a coûté et coûtera bien cher
encore au mari qui n'avait pas voulu la lui acheter. La
dame s'arrange pour que sa mère lui offre le tissu en présence de son mari afin de lui ôter tous les soupçons qu'il
pourrait avoir. Dans certains cas, la dame fait croire même
à sa mère qu'elle s'est acheté la robe avec les petites économies qu'elle réalise sur les ventes de produits faites à

l'insu de son mari ; mais le plus souvent, la mère est
d'aventure bel et bien au courant de toute l'affaire.

Cette toilette ne lui suffit pas ; ensuite, il lui faut une
autre robe, deux ou trois ceintures d'argent et d'autres
accessoires. Aussi le mari — homme sage, perspicace et
avisé, comme je l'ai dit — commence-t-il à avoir des soupçons : ou bien il a vu quelque chose qui ne lui plaît pas ou
bien il a été mis au courant par l'un de ses amis : en effet, à
la longue, tout finit par se savoir. Alors la jalousie le rend
fou de rage : tantôt il est aux aguets, tantôt il fait semblant
de partir en déplacement et revient de nuit à l'improviste,
dans la pensée de les surprendre en flagrant délit, tantôt il
reste chez lui et parfois il voit bien assez de choses pour
adresser des reproches à sa femme et se déchaîner comme
la tempête. Mais elle a réponse à tout, car elle se sait très
bien issue d'une bonne famille et elle lui rappelle clairement l'existence de ses amis qui, à l'occasion, viendront lui
en dire deux mots ; ils se querelleront. Et plus jamais le
brave homme ne connaîtra de joie. On lui servira des mensonges et on l'enverra paître. Son capital s'amenuisera, son
corps se desséchera. Il passera son temps à vouloir garder
sa maison d'être emportée par le vent et il négligera ses
véritables affaires. Bref, jamais de cette situation il ne
tirera profit.

Il demeurera ainsi dans la nasse où il mènera toujours
une vie de grands tourments, tout en s'imaginant être heureux, car, ne serait-il pas dans la nasse, il n'aurait de cesse
de s'y mettre et il ne souhaiterait pas connaître un autre
état. Il y vivra en dépérissant chaque jour davantage et
finira ses jours dans la misère.

---

1. Hypocras : infusion de cannelle, d'amandes douces, d'un peu
de musc et d'ambre dans du vin édulcoré avec du sucre (Littré).
2. Voir la note 1 de la Première Joie.
3. « Avoir maille en son denier » est une locution proverbiale
signifiant avoir part aux biens de quelqu'un.

La Sixième Joie

Le mari connaît la sixième joie de mariage lorsque, après avoir enduré toutes les peines et les fatigues dont nous avons parlé plus haut — toutes ou quelques-unes — il a tout particulièrement une femme jeune et d'humeur capricieuse. Le mari est un brave homme qui éprouve pour elle une très grande affection, et il fait tout son possible pour lui être agréable. Mais, même si elle possède un grand nombre de qualités, elle a envie de tout régenter et de s'occuper des affaires de son mari ; fût-il président du parlement, la voilà qui veut intervenir et lui tenir tête, au besoin. Et telle est la nature du caractère féminin : quelle que soit la situation de son mari, elle a beau avoir toutes ses aises et ne manquer de rien, elle s'ingénie sans cesse à lui mettre martel en tête nuit et jour.

Une fois, par exemple, le mari et sa femme sont restés dans leur chambre à s'adonner aux jeux de l'amour puis à bavarder ensemble, pendant toute une nuit et une demi-journée ; à la fin de la matinée, ils sont au comble du bonheur. Le mari laisse alors sa femme dans la chambre en train de s'habiller et de se préparer dans la joie, la mine souriante, puis il s'en va faire préparer le repas et s'occuper des affaires de la maison. Et à l'heure du déjeuner, il appelle sa femme, mais une de ses domestiques ou l'un de ses enfants vient lui dire que Madame ne déjeunera point.

« Allez lui dire de venir », répond-il.

Alors la domestique ou l'enfant s'en retourne et dit à la dame :

« Madame, Monsieur vous demande de venir déjeuner, car il ne mangera pas tant que vous ne serez pas venue.

— Va lui dire, répond-elle, que je ne déjeunerai point. »

On rapporte sa réponse au mari, qui, brave homme, vient la voir et lui demande :

« Qu'avez-vous, ma mie ? »

Mais elle ne dit mot. Alors le brave homme s'en retourne, il se demande ce qu'elle a, il en est tout ébahi ; pourtant ce n'est pas la première fois qu'elle lui joue pareille comédie ; en dépit de tous ses efforts, il n'en obtiendra rien : en effet, elle ne souffre pas, mais elle joue à la malade ; parfois, elle ne viendra point déjeuner, quoi qu'il puisse faire ; quelquefois, il réussit à la faire venir et il lui prend le bras comme à une jeune mariée que l'on conduit à la table, mais les plats sont déjà froids tant on les a fait attendre, et elle fait encore tant de manières et de simagrées qu'elle ne mangera pas ; lui non plus : il est si bête qu'il s'en rend malade. Plus il la choiera, plus elle fera de manières pour lui causer des soucis, et elle a raison : en effet, pourquoi une femme se donnerait-elle du mal pour gagner les bonnes grâces de quelqu'un qui l'aime passionnément et qui fait tout son possible pour lui être agréable ? Bien plutôt elle doit chercher à séduire celui qui ne se soucie pas d'elle, par une mine affable et par de petites attentions ; et elle a l'impression d'avoir accompli de beaux exploits, alors qu'elle accable ainsi son mari de soucis et de tracas.

Quelquefois, le mari quitte sa maison pour ses affaires, puis il revient chez lui, accompagné d'un ou deux de ses amis, parce qu'ils font des affaires ensemble. Dans certains cas, avant d'arriver, il envoie son domestique en avant auprès de sa femme, pour la prier de préparer la maison du mieux possible, afin de réserver un excellent accueil aux amis qui l'accompagnent, étant donné qu'il leur est très obligé et qu'il est en affaire avec eux ; il la prie aussi de faire apprêter des plats qui les comblent d'aise. Le domestique arrive auprès de sa maîtresse, la salue et lui dit :

« Madame, Monsieur est sur le chemin du retour, accompagné de quatre messieurs très importants, et il vous prie de tout très bien préparer, afin qu'ils ne manquent de rien.

— Ma foi, dit-elle, je ne m'en mêlerai pas. Je n'ai que faire de ces réceptions. Pourquoi n'est-il pas venu lui-même ?

— Je ne sais pas, Madame, répond le domestique, mais ce sont ses propos.

— Aussi vrai que Dieu existe, lui dit-elle, tu es un mauvais garçon et tu te mêles de trop de choses. »

Alors le domestique se tait, la dame rentre dans sa chambre, et elle est telle qu'elle ne fera rien ; et ce qui est pis, elle enverra tous ses domestiques dehors, les uns ici, les autres là ; quant à ses filles — si elle en a — ou à ses femmes de chambre, elles sont bien informées de ce qu'elles doivent dire au brave homme à son arrivée.

C'est alors qu'arrive le mari plein de sagesse, il appelle, l'une de ses femmes de chambre (ou de ses filles) lui répond. Le brave homme demande alors si tout est bien prêt.

« Ma foi, Monsieur, dit-elle, Madame est bien malade, et il n'y a plus personne pour faire la moindre chose. »

Le brave homme est en colère, il conduit ses amis dans la grande salle ou dans une autre pièce, selon son train de vie ; mais il n'y a pas de feu, rien n'est prêt. Ne me demandez pas s'il est satisfait, car dans certains cas les amis qu'il a amenés ont bien vu qu'il avait envoyé en avant son domestique ; ils peuvent donc en conclure que les ordres du maître ne sont pas des arrêts du parlement ! Le brave homme hèle et appelle ses gens, mais, parfois, il ne trouve plus qu'un pauvre domestique et une pauvre vieille servante, que la dame a peut-être retenus, parce qu'elle les sait bien incapables d'agir. Le mari arrive dans la chambre de sa femme et lui dit :

« Chère femme, pourquoi n'avez-vous pas fait ce que je vous avais commandé ?

— Monsieur, dit-elle, vous commandez tant de choses, les unes après les autres, que l'on ne sait auxquelles prêter attention.

— Sainte Marie, dit-il tout en se grattant la tête, vous m'avez causé la plus vive contrariété qui soit au monde, car voici les personnes auxquelles je suis le plus obligé.

— Je n'en peux mais. Et que voulez-vous que je fasse encore pour eux ? Nous avons bien besoin maintenant de vos invitations ! Ma foi, il est évident que vous n'êtes guère raisonnable, mais après tout, agissez à votre guise, car cela m'est égal.

— Chère femme, dites-moi, pourquoi avez-vous donné congé aux domestiques ?

— Est-ce que je savais, moi, que vous en auriez besoin ? » (Pourtant, elle les avait fait sortir exprès.)

Le brave homme, qui cherche à rattraper ce qui a été manqué, interrompt la conversation et s'en retourne bien triste : il préférerait parfois, vu l'importance de ses invités, avoir perdu cent écus d'or ; mais à sa femme, tout cela est indifférent. Elle connaît bien son mari, il a beau aboyer, jamais il ne la mordra, elle l'a déjà vu dans de semblables cas.

En toute hâte, il court à travers la maison, rassemble ceux de ses gens qu'il peut trouver et fait du mieux qu'il peut. Le brave homme demande alors des nappes, des serviettes blanches et brodées, mais on lui rapporte qu'on ne peut en trouver. Il se rend auprès de sa femme et lui dit que ces messieurs, qui sont ses parents et ses meilleurs amis, l'ont souvent réclamée ; aussi la prie-t-il avec beaucoup de douceur de venir les voir, de les fêter, de leur réserver un excellent accueil.

« Et qu'irai-je faire ? dit-elle.

— Ma mie, je vous en supplie, venez par amour pour moi.

— Non vraiment, je n'irai point. Ce sont des gens très prétentieux et ils n'ont que mépris pour de pauvres femmes comme moi. »

Parfois, elle acceptera de venir, mais, dans ce cas, elle

fera une telle tête et se comportera de telle manière qu'il eût mieux valu pour son mari qu'elle n'y fût jamais allée, car ses amis comprendront et verront bien à son attitude que leur venue ne lui plaît pas. Et si elle refuse de venir, il lui demande de grandes et de petites serviettes.

« De grandes serviettes ? Il y en a de sorties, mais elles sont plus belles qu'il n'appartient de donner à des gens comme eux. Elles sont réservées à des personnalités plus importantes. Lorsque mon frère ou mon cousin, qui sont d'aussi bonne famille qu'eux, viendront, ce sont celles-là et point d'autres que je leur donnerai. Quant aux autres, elles sont au lavage. C'est donc non, non seulement en ce qui concerne les serviettes, mais en plus, j'ai perdu mes clefs depuis ce matin. Voyez, la femme de chambre est en train de les chercher ; je ne sais pas ce que j'en ai fait. Il est vrai que j'ai tant d'occupations que je ne sais plus par où commencer ; j'en perds la tête.

— Vraiment, on se joue bien de moi ! Eh bien, je vais fracturer les coffres de linge.

— Par ma foi, dit-elle, vous ferez là un bel exploit ! Je m'en remets à vous, je voudrais bien vous voir les forcer. » She'll make a scene.

Alors, il ne sait plus que faire, il se contente de ce qu'il trouve, car il s'imagine qu'elle dit la vérité.

Puis on passe à table. Il a alors besoin d'avoir du vin venant d'un tonneau qui n'est pas encore mis en perce (car celui qui est entamé n'est pas très bon), mais il ne peut trouver le foret, parce que Madame ne veut pas qu'on ouvre un tonneau. Il n'y a pas de fromage ; il manque aussi d'autres choses qu'il doit parfois aller chercher chez les voisins. Pendant ce temps, le jeune serviteur du brave homme, qui se trouve avec ceux des invités dans l'écurie, leur raconte comment Madame fait la malade, tant l'irrite la venue chez elle de leur maître.

Ensuite vient le moment d'aller se coucher, et le brave homme ne peut trouver ni draps propres ni oreillers, ni fins bonnets de nuit, à cause de ces clefs qui ont été perdues. Ils doivent donc coucher dans des draps déjà en service. Le

lendemain matin, les amis s'en vont ; ils ont bien compris
l'attitude de Madame, et leurs domestiques leur racontent
en chemin ce qu'ils ont appris du jeune serviteur de ce
respectable benêt. Alors ils s'en gaussent tout en chevau-
chant. Cependant, ils ne sont pas très contents et se disent
qu'ils ne sont pas près de revenir. Il aurait mieux valu pour
cet homme plein de sagesse avoir perdu beaucoup d'argent
plutôt que de les avoir invités chez lui.

Lorsque arrive le matin, le mari vient trouver sa femme
et lui dit :

« Vraiment, Madame, vos manières de faire me sur-
prennent beaucoup. Comment faudrait-il s'y prendre avec
vous ?

— Ave Maria, dit-elle, est-ce moi qui vous cause tant de
tracas ? Hélas ! Je ne cesse jour et nuit de nourrir porcs,
poules, oies ; je file, je fais de mon mieux, je n'arrête pas,
tant et si bien que je mourrai avant mon heure, et encore, je
ne peux même pas avoir un moment de répit ! Mais vous,
vous ne vous appliquez qu'à tout dépenser et à gaspiller, et
ce, avec des gens dont je n'ai que faire.

— Que faire ? dit-il. Mais ce sont des gens qui peuvent
me faire beaucoup de bien comme beaucoup de mal. »

C'est alors que le brave homme se rappelle que, lorsque
vient chez eux un certain écuyer du pays, grand séducteur,
on ne lésine pas sur la dépense, et cependant le brave
homme a déjà dit à sa femme qu'il ne voulait pas la voir
l'attirer à la maison, car il n'en a rien à faire. Mais, à
l'entendre, c'est son mari qui le fait venir : elle a la réplique
prompte à tout. Ils commencent à se disputer — dans certains cas il la battra —, mais il agira comme un fou. Alors le
brave homme lui dit :

« Par le salut de mon âme, si jamais un jour je le
retrouve ici en train de s'entretenir avec vous, de mon fait
vous éprouverez rage et crève-cœur comme vous n'en avez
jamais connu.

— Par ma foi, dit-elle, cela me serait bien égal de le voir
pendre ! Mais voilà, c'est l'innocent que l'on accuse. Si
j'étais une femme qui se conduisît mal, je m'étonnerais

et sans doute serais-je mieux traitée par vous que je ne le suis. »

Ils n'arrêtent pas de se disputer ; parfois même, par méchanceté de l'un ou de l'autre, ils resteront longtemps sans coucher ensemble. Dans certains cas, c'est ce qu'elle demande, car l'écuyer [1] dont on a parlé viendra la nuit par la porte de derrière ou montera par la fenêtre. Ensuite il faut bien que la paix revienne, il faut que le brave homme fasse les premiers pas, qu'il la flatte, car une femme veut toujours être flattée, et il n'est pas de mensonge, si énorme et si extraordinaire soit-il, qu'elle ne croie aussitôt, pourvu qu'il soit à sa louange.

Un certain temps se passe, et puis, un jour, le brave homme trouve par hasard sa femme en conversation avec l'écuyer dont on a parlé, ou bien chez lui, ou bien à l'église, ou bien dans une fête à laquelle il s'est rendu, ce qui le rend encore plus jaloux qu'avant. Il se ronge d'inquiétude, se tourmente, guette, il cherche à savoir ; bref, il agit comme un fou parce qu'un homme au grand cœur ne doit pas chercher à connaître les faits et gestes de sa femme ; en effet, une fois que le brave homme aura appris l'inconduite de son épouse, il sombrera dans une maladie dont jamais aucun médecin ne pourra le guérir. Et dès lors qu'il cherche à savoir et à découvrir son déshonneur, il le trouve ; il est donc bien juste qu'il endure le mal qu'il a cherché et trouvé. Dans ce cas, je le considère comme perdu, car il ne cessera de la harceler, et elle, elle se conduira de mal en pis. Il compromettra gravement ses biens et sa santé.

La vieillesse viendra : il sera alors devenu sot et complètement abruti, selon la règle du jeu. Il est ainsi enfermé dans la nasse au milieu de douleurs et de tristesses qu'il prend pour des joies, vu qu'il ne souhaiterait pas connaître un autre état, mais même s'il s'en repentait, il serait trop tard. Il passera ainsi sa vie dans les tourments et finira ses jours dans la misère.

---

1. Jeune noble non encore armé chevalier.

La Septième Joie

Half-way stage.

Disaster strikes.

La septième joie de mariage arrive lorsque, par exemple, celui qui s'est marié est tombé soit sur une femme très bonne, très sage, d'un excellent caractère, soit sur une femme qui a beaucoup de tempérament et qui jamais ne refuserait une proposition, d'où qu'elle vienne. En effet, sachez-le, quelle que soit la nature de la femme, qu'elle soit pleine de qualités ou non, tout mariage obéit à cette règle : chaque femme s'imagine (et elle le croit fermement) que son mari est le plus méchant de tous les hommes qui existent et qu'il est le moins expert dans le domaine secret des choses de l'amour. *intellectual + sexual gulf.*

Il arrive souvent qu'un homme jeune, vert et fringant comme un coq épouse une jeune fille, bonne et pleine de qualités, et qu'ils jouissent des plaisirs de l'amour ensemble, autant que faire se peut, pendant un an, deux ou trois ans ou davantage, jusqu'à ce que leur jeunesse perde de sa chaleur. Mais la femme, de quelque condition qu'elle soit, ne se flétrit pas aussi vite que l'homme, parce qu'elle n'endure pas les peines, les fatigues, les soucis qu'il connaît. Du reste, même s'il passait maintenant son temps à s'amuser et à se divertir, l'homme serait, dans ce domaine, plus vite usé que sa femme. Sans doute est-il vrai que la femme enceinte éprouve quelque gêne, sans doute enfante-t-elle dans la douleur et la souffrance, mais ce n'est rien auprès du souci que se fait un mari intelligent qui se

tracasse pour quelque grave problème qu'il a à régler.
Quant à la souffrance de la grossesse ou de l'accouchement,
elle ne me paraît pas extraordinaire : c'est comme
lorsqu'une poule ou une oie pond un œuf gros comme le
poing par un trou où, auparavant, vous n'auriez pas mis
votre petit doigt. C'est le même travail que fait la Nature,
dans un cas comme dans l'autre. Vous pourrez constater
aussi qu'une poule pondant chaque jour un œuf est plus
grasse que le coq, car le coq est si bête qu'il passe sa journée
à lui chercher de la nourriture et à la lui donner au bec,
alors que la poule ne se soucie que de manger, de caqueter
et de prendre ses aises. Eh bien, ils agissent comme le coq,
les bons maris pleins de sagesse ; et, pour cela, ils sont bien
dignes d'être loués !

Ensuite, il en est du brave mari comme de la laine que
l'on nettoie et que l'on tiraille pour la carder : il endure
sans cesse des fatigues, des tracas ; il est ailleurs, il ne
s'adonne plus aux ébats de l'amour, sinon pour faire plaisir
à sa femme ; du reste, il ne pourrait plus faire comme il en
avait l'habitude ; il se laisse aller totalement dans ce
domaine, ce qui n'est pas le cas de sa femme : elle est plus
chaude qu'elle n'a jamais été, et, parce qu'il lui donne chaque jour une « ration » de plus en plus petite, les jouissances, les plaisirs, les belles caresses qu'ils goûtaient ensemble dans leur jeunesse, lorsque le mari avait toute sa virilité, tournent en disputes et en querelles ; et plus il a de mal
à la satisfaire, plus ils en viennent à se montrer les
dents.

Lorsque donc l'épouse trouve sa « ration » insuffisante,
à supposer qu'elle soit pleine de qualités et qu'elle n'ait pas
l'intention de mal faire, elle ne cesse cependant de s'imaginer que son mari est moins viril que les autres ; d'ailleurs,
elle a bien raison de le croire, puisqu'elle n'en a jamais
essayé d'autres ; en tout cas, lui, il ne lui suffit plus. C'est
juste compte qu'un époux suffise à une femme, sinon la
Nature aurait mal calculé. D'ailleurs, je crois que si un
homme ne suffisait pas à une femme, Dieu aurait commandé que chacune eût deux maris ou plus, au besoin.

Parfois, il arrive que certaines femmes fassent des expériences pour voir si les autres hommes sont aussi impuissants que leur époux ; mais alors celle qui vit une aventure est maintenant certaine de l'impuissance de son mari, car parfois elle prend un amant ; avec lui, elle ne peut arriver à ses fins qu'au prix de grandes frayeurs et à la dérobée ; mais alors il est tout affamé, aussi fait-il merveille lorsqu'il en a la possibilité. Et, si auparavant, elle avait jugé son mari mal loti sur la plan de la virilité, elle en est maintenant encore plus sûre. En effet, les jouissances actuelles sont toujours mieux présentes à la mémoire que celles qui sont passées. Oui, elle en est encore plus persuadée qu'avant, parce que l'expérience prévaut sur tout.

Il arrive aussi que celui qui se marie tombe sur une femme qui a beaucoup de tempérament et qui agrée les propositions qu'on lui fait. Elle porte sur son conjoint le même jugement que celle dont on a parlé plus haut, parce que parfois elle en a essayé d'autres qui savent bougrement mieux y faire que son brave époux qui ne se donne pas beaucoup de peine, puisqu'il sait bien qu'il la trouvera toujours là près de lui.

Et sachez que l'attitude des hommes est totalement opposée, car, quelle que soit la femme qu'ils ont, ils s'imaginent en général avoir la meilleure épouse qui soit. Il existe quelquefois des exceptions à la règle, mais il s'agit de quelques débauchés incurables et dénués de raison, qui manquent d'intelligence. Aussi voit-on volontiers plus d'un mari louer sa femme en décrivant toutes les qualités qu'elle possède et dire qu'à son avis, il n'y en a point de pareille chez qui on puisse trouver tant de dons, ni tant d'attraits, ni tant d'ardent désir.

D'autre part, on voit souvent une femme veuve se remarier bien vite ; parfois, elle n'attend pas un mois pour vérifier si l'autre sera aussi malingre et aussi peu viril que son défunt mari. Et quelquefois, il arrive qu'à lui non plus elle ne garde ni foi ni loyauté. Alors souvent la femme qui se conduit ainsi gaspille tout, met tout en danger par sa mauvaise conduite et dilapide d'une manière insensée les biens

que le mari a acquis avec tant de peines, dans la condition
où il était. Elle dépense tout de bien des manières, tant
avec son ami qu'avec de vieilles entremetteuses ou avec
son confesseur — un cordelier ou un jacobin [1] — qui reçoit
d'elle une grosse pension pour lui donner l'absolution chaque année : c'est que l'on prête volontiers à telles gens les
pouvoirs du pape.

Quant au brave homme de mari, il se conduit le plus
raisonnablement possible, sans faire de grandes dépenses ;
il note ce qu'il peut avoir de revenu, de pension, de stock
de marchandises — tout dépend de sa condition —, ainsi
que ses dépenses. Tout bien compté et recompté, s'il
trouve que ses affaires ne vont pas bien, il devient très
préoccupé. Alors, lorsqu'ils sont tous deux seuls, il en parle
à sa femme qu'il aime mieux que lui-même et lui dit :

« En vérité, ma mie, je ne sais ce qui se passe, je ne sais
où passent nos biens, notre argent, notre blé, notre vin, ou
d'autres choses. Personnellement, j'ai toujours l'œil à tout,
je veille à bien diriger notre affaire, à tel point que je n'ose
pas m'acheter un vêtement neuf.

— En vérité, mon ami, j'en suis aussi étonnée que vous.
Je ne sais ce qui se passe, car je pense me conduire et mener
nos affaires le mieux du monde et avec modération. »

Pourtant, le brave homme se retrouve pauvre, il ne sait à
quoi cela tient, ne sait que penser ; il ne lui reste plus qu'à
se dire, en conclusion, qu'il est bien malheureux, que c'est
Fortune qui le harcèle et exerce son pouvoir contre lui. Il
ne croirait jamais quoi que ce soit qu'on puisse dire contre
sa femme. D'ailleurs, il ne rencontrera jamais personne
pour lui en dire du mal, ou bien peut-être trouvera-t-il
quelqu'un ; mais celui qui lui en parlerait perdrait bien son
temps : il se ferait du mari le plus grand ennemi qu'il pourrait avoir.

Il arrive parfois que le mari a un bon ami qui voit tout le
petit manège qui existe. Ou bien l'ami ne peut s'empêcher
de lui conseiller de surveiller sa maison, sans en dire
davantage. Ou bien, dans certains cas, il lui exposera clai-

rement tout ce qui se passe, et le mari en sera tout abasourdi. Ce dernier s'en va donc ; à son visage renfrogné, sa femme comprend bien qu'il y a quelque chose ; peut-être devine-t-elle que l'autre a parlé, parce qu'un jour il lui avait fait une réflexion sur sa conduite ; mais, s'il plaît à Dieu, elle s'en tirera bien. Le brave homme ne lui en dit rien encore ; il veut la mettre à l'épreuve :

« Ma mie, je dois aller à douze lieues d'ici.

— Et quoi faire, mon ami ? dit-elle.

— Je dois y aller pour telles et telles raisons.

— Je préférerais, mon ami, vous voir y envoyer un de vos domestiques.

— Je vais y aller, dit-il, car sinon je subirais un préjudice, mais je serai de retour dans deux ou trois jours. »

Alors il s'en va, fait mine de partir et se cache dans un endroit tel que, s'il se passe quelque chose chez lui, il le saura bien. Mais sa femme, qui a pressenti qu'on a parlé à son mari, fait dire à son ami de ne venir sous aucun prétexte, car elle a de solides soupçons. La dame se conduit ainsi avec tant de sagesse que, Dieu merci, il ne découvrira rien.

Lorsque le brave homme a bien écouté et tendu l'oreille, il fait semblant de revenir chez lui et il montre un visage accueillant, car il s'imagine que tout n'était que mensonges. Il ne peut arriver à croire qu'une femme qui lui réserve un si bon accueil, qui l'embrasse, qui le prend par le cou si doucement, en l'appelant « mon ami », ait pu faire une telle chose. D'ailleurs, il a bien vu qu'il n'y a rien. Lorsqu'ils sont tous deux seuls, il dit à sa femme :

« En vérité, ma mie, l'on m'a tenu certains propos qui ne me plaisaient guère.

— Par Dieu, mon ami, je ne sais de quoi il s'agit, mais voici déjà un certain temps que vous avez une mine chagrine. Je redoutais une catastrophe, la mort ou la prise par les Anglais d'un de nos amis.

— Il ne s'agit pas de cela, mais c'est plus grave que ce que vous dites.

— Ave Maria ! et de quoi s'agit-il ? S'il vous plaît, vous allez vous expliquer.

— Oui, un de mes amis m'a raconté, entre autres choses, que vous aviez une liaison avec un tel. »

Alors, la dame fait un signe de croix, manifeste un grand étonnement, puis elle se prend à sourire et ajoute :

« Mon ami, ne faites plus cette tête ! Je vous le jure, je voudrais être quitte de tous mes péchés comme je le suis de celui-là. »

Elle pose ensuite les deux mains sur sa tête et ajoute :

« Je ne m'en tiendrai pas à ce seul serment, mais je m'engage à donner au diable tout ce qu'il y a sous mes deux mains, s'il est vrai que ma bouche a touché une autre bouche que la vôtre, celle d'un de vos cousins ou d'un des miens, et encore me l'avez-vous demandé. Fi, fi, c'était donc cela ! Mon ami, je suis contente que vous m'en ayez parlé, car je craignais que ce fût autre chose. Et je sais qui est l'auteur de ces propos, mais, plût à Dieu, que vous sachiez pourquoi il vous l'a dit ! Et, ma foi, vous en serez bien étonné, parce qu'il se dit tant votre ami. Mais, en fin de compte, je suis bien contente qu'il ait réveillé le chat qui dort.

— Et pourquoi donc ? demande le brave homme.

— Ne vous en occupez pas, vous le saurez bien une autre fois.

— Mais, en vérité, je veux le savoir.

— Par Dieu, mon ami, j'étais très peinée que vous le fassiez venir si souvent ici, mais j'hésitais à vous le dire, car vous prétendiez l'aimer beaucoup.

— Expliquez-moi, je vous en prie.

— Non, il n'est pas nécessaire que vous le sachiez.

— Parlez, car je veux savoir. »

Alors elle l'embrasse, le prend doucement par le cou et lui dit :

« Ah, ah, mon très cher mari, mon doux ami, ils veulent me faire mal voir de vous, ces fourbes traîtres !

— Dites-moi donc, ma mie, qui ils sont.

— Par Dieu, vous l'être au monde que j'aime par-des-

sus tout, ce traître en qui vous avez confiance et qui vous a
tenu ces propos m'a suppliée, pendant plus de deux ans, de
vous tromper ; mais j'ai vivement repoussé ses avances, il
s'est donné beaucoup de mal et de mille manières. Lorsque
vous vous imaginiez qu'il venait ici par amour pour vous,
en fait, il n'y venait que pour vous trahir. Il ne voulait
cesser de m'importuner ; aussi, il y a peu de temps, lui ai-je
juré que je vous le dirais ; mais je ne me résignais pas à
vous le révéler, parce que, très sûre de moi, j'en faisais peu
de cas et parce que je ne voulais pas jeter la brouille entre
vous et lui. Et je m'imaginais toujours qu'il cesserait de me
faire des avances. Hélas ! s'il ne vous a pas déshonoré, ce
n'est pas de sa faute !

— Sainte Marie, dit-il, c'est vraiment un traître parce
que jamais je ne me serais méfié de lui.

— Par Dieu, mon mari, s'il revient à la maison ou si
jamais j'apprends que vous lui avez parlé, il n'y aura plus
jamais de vie conjugale entre nous, car, je vous le jure,
venant de moi, vous n'avez rien à craindre ; et, s'il plaît à
Dieu, je ne vais pas commencer maintenant ! Je prie Dieu
à mains jointes, s'il m'en prenait un jour l'envie que, sur
l'heure, Il fasse descendre du ciel un feu pour me brûler
toute vive. Hélas ! mon très doux ami, dit-elle en l'embrassant, je serais très coupable si je commettais quelque
méchanceté ou quelque infidélité envers vous qui êtes si
beau, si bon, si doux, si bienveillant et toujours prêt à
vouloir ce que je veux ! A Dieu ne plaise que je vive assez
longtemps pour devenir aussi débauchée ! C'est pourquoi,
je veux et je vous supplie d'interdire ou de faire interdire
votre maison à celui que votre traître d'ami m'a accusé de
fréquenter ; et pourtant, que le diable prenne mon âme si
jamais, un jour de ma vie, il m'a adressé la parole. Par
Dieu, je ne veux plus qu'il vienne en quelque lieu où je me
trouve. »

Alors elle se met à pleurer ; le brave homme, pour la
calmer, lui promet et lui jure de faire tout ce qu'elle a
demandé, sauf qu'il n'interdira pas sa maison au jeune
compagnon qui n'y est pour rien, et il lui jure qu'il ne

croira plus jamais rien de ce qu'on peut dire sur elle ; et il n'écoutera plus personne au monde. Toutefois il en conservera un souvenir pénible et une meurtrissure au cœur.

En conclusion, son ami, qui lui avait parlé pour son plus grand bien, passera dorénavant à ses yeux pour son plus grand ennemi. Le voici bien abêti notre homme plein de sagesse ! Il se repaît d'herbe, il est métamorphosé en bête et ce, sans enchantement. Maintenant, quel beau remue-ménage !

Il est dans la nasse, bien enfermé ; et pas de meilleure occasion pour sa femme d'agir à sa guise, encore mieux qu'elle ne l'avait fait auparavant. Inutile que quelqu'un vienne en parler au brave homme : il n'en croira jamais rien. Mais celui qu'on lui avait désigné comme le responsable de son déshonneur, celui-là deviendra le meilleur ami que jamais il puisse avoir. La vieillesse le surprendra, et, dans certains cas, il tombera dans un dénuement tel qu'il ne pourra jamais s'en relever. Voilà les plaisirs qu'il a trouvés dans la nasse de mariage. Chacun se moque de lui : l'un dit qu'il est cocu, l'autre le montre du doigt, un autre dit que tout cela est bien regrettable parce que c'est un brave homme, un autre ajoute que cela n'a aucune importance, que c'est dans la règle du jeu et qu'il n'est qu'une bête. Les gens en vue l'éviteront et abandonneront sa compagnie. C'est ainsi qu'il vit dans la peine et la souffrance, mais il les considère comme des joies ; il passera ainsi le reste de ses jours et finira sa vie dans la misère.

REFRAIN

She's turned husband's best friend against him.

---

1. Les cordeliers ou franciscains, ainsi que les jacobins ou dominicains, sont des religieux qu'on appelait aussi Frères mendiants ; ils relevaient directement de Rome et, depuis le XIII siècle, on leur reprochait de donner facilement l'absolution pour de l'argent.

La Huitième Joie

Pregnancy as in 3rd Joy.

La huitième joie de mariage arrive au mari qui — après s'être bien évertué à entrer dans la nasse et après s'y être donné du bon temps en goûtant à tous les plaisirs et à toutes les jouissances pendant deux, trois, ou quatre ans ou plus ou moins longtemps — commence à sentir se refroidir les ardeurs de sa jeunesse. Il veut se consacrer à d'autres affaires : on ne saurait toujours jouer à la balle au prisonnier, comme il serait difficile de sonner du cor en courant. Dans certains cas, en outre, il a connu bien des mécomptes et des malheurs dont nous avons déjà parlé : il en est si fort abattu qu'il ne songe pas à s'enfuir ; c'est qu'il est bien dompté et qu'il a un bon fil à la patte ! Sa femme a-t-elle déjà deux, trois, quatre enfants, la voici encore grosse et plus malade de cette grossesse que de toutes les précédentes. Voici notre pauvre mari qui se donne bien du souci et bien de la peine pour lui chercher ce dont elle a envie.

Maintenant, le moment d'accoucher approche ; elle est si malade que c'en est incroyable et que les autres femmes ont grand-peur qu'elle ne puisse s'en tirer. Le brave homme fait des vœux pour elle aux saints et aux saintes ; elle aussi fait un vœu à Notre-Dame du Puy en Auvergne, à Notre-Dame de Rocamadour et de bien d'autres endroits. Or, Dieu merci, il advient que les prières du brave mari ont été entendues : sa femme met au monde un bel enfant (il ne serait pas plus beau, fût-il dauphin de Viennois), et elle garde encore le lit assez longtemps. Ses amies arrivent pour lui faire de grandes et belles relevailles. La dame est bien traitée, elle a toutes ses aises et prend des forces. Puis il arrive qu'elles se donnent le plaisir de se réunir, à trois ou quatre, chez l'une des amies, pour s'amuser et pour parler de leurs affaires, et ce sera un hasard s'il ne s'y noue quelque brouillamini, dont je préfère ne pas parler. Lors de cette partie de plaisir, elles gaspillent plus d'argent que le brave homme n'en aurait dépensé, en huit jours, pour tout le train du ménage.

Le printemps approche, et les forces de la nature se réveillent sous l'influence des éléments et des planètes. Il faut donc s'en aller jouer à la campagne : alors elles entreprennent de partir en pèlerinage. Que leurs maris aient du travail à faire, cela leur est bien égal. Puis la dame dont nous parlons dit à l'une de ses amies :

« En vérité, mon amie, je ne sais comment j'obtiendrai de mon mari la permission de partir.

— Comment vous obtiendrez de lui la permission de partir ? dit l'autre. Pour moi, ce n'est pas un problème.

— Par Dieu, ajoute une autre, mon amie, nous partirons toutes et nous nous amuserons bien ; mon amie une telle viendra avec nous ainsi que mon cousin un tel. »

(Dans certains cas, il n'est point son cousin, mais c'est une manière de parler.) Elles ont entrepris de partir en voyage parce qu'elles ne peuvent chez elles agir à leur guise. Voici donc le voyage décidé, et sur ce elles se quittent.

La dame dont nous parlons s'en retourne chez elle. Comme elle fait sa mauvaise tête, le mari — de retour aussi de la ville ou d'ailleurs pour ses affaires — lui demande ce qu'elle a :

« Monsieur, lui répond-elle, je suis très inquiète, car notre enfant est bien malade (en réalité, il est en parfaite santé) ; il est extraordinairement chaud ; la nourrice m'a dit aussi que depuis deux jours il refuse de prendre le sein, mais elle n'osait en parler. »

Le brave homme en est tout bouleversé, il vient voir et

regarder son enfant, et il s'apitoye sur son sort ; les larmes lui viennent aux yeux. Puis arrive la nuit ; lorsqu'ils sont tous deux seuls, la dame soupire et commence à dire :

« En vérité, mon ami, vous avez bien oublié ce qui m'est arrivé.

— Comment ? dit-il.

— Ne vous souvenez-vous donc pas combien j'ai été malade, pendant que j'attendais notre enfant et que j'avais fait un vœu à Notre-Dame du Puy et à Notre-Dame de Rocamadour ? Vous n'en tenez pas compte.

— Allons donc ! ma mie, ignorez-vous que j'ai beaucoup à faire, tant que je ne sais par où commencer. Mais il n'y a pas péril en la demeure.

— Mon Dieu, je ne serai pas tranquille tant que je ne me serai pas acquittée de ce vœu. Et je vous le jure, j'ai la conviction que notre enfant est malade parce que j'ai commis ce péché.

— Ma mie, Dieu connaît bien mes bonnes intentions.

— Ah ! ah ! ne m'en parlez plus, car, assurément, je vais y aller, s'il plaît à Dieu et à vous ; viendront aussi ma mère, mon amie une telle, ma cousine une telle et mon cousin un tel ; j'aimerais mieux m'imposer une privation d'un autre côté, plutôt que de ne pas y aller. »

Quoi qu'elle dise, si quelqu'un doit se priver, ce sera lui : et non pas elle.

Le brave homme s'inquiète de ce voyage : parfois il manque de l'argent nécessaire ; le voici donc en grand souci. Or arrive Quasimodo, il faut partir et aller écouter les oiseaux. A lui donc de se procurer des chevaux, selon leurs moyens financiers ; il convient qu'elle ait une tenue pour aller à cheval.

Parfois, il ne part pas ; mais, dans ce cas, se joindra à la compagnie le séducteur un tel qui, en chemin, fera volontiers plaisir à sa femme et qui, en parfait chevalier servant, se montrera courtois et généreux envers elle.

Mais le bon mari pourra aussi partir avec elle ; cependant, s'il y va, il vaudrait mieux pour lui, quelle que soit sa condition, qu'il fût resté chez lui, dût-il alors porter

tous les jours un collier de pierres. Si d'aventure il n'a pas
de domestiques, c'est lui qui, sur les routes, doit la servir.
D'ailleurs, aurait-il vingt domestiques, il ne leur ferait pas
confiance, et elle ne serait pas contente si elle ne le voyait
accablé de peines et de souffrances à l'excès. Tantôt, elle dit
qu'un de ses étriers est trop long et l'autre trop court, tantôt
il lui faut son manteau, puis elle veut l'enlever ; ensuite,
elle dit que le grand trot du cheval la rend malade ; tantôt
elle descend de cheval, puis il faut la remettre en selle pour
passer un pont ou un mauvais chemin, tantôt elle ne peut
pas manger et il convient que le brave homme, qui a couru
plus qu'un chien, coure et trotte à travers la ville pour
trouver ce qu'elle demande, sans que pour autant elle ne
cesse de s'impatienter. Les autres femmes qui l'accompagnent disent encore au brave homme :

« Vraiment, mon ami, vous n'êtes pas l'homme qu'il
faut pour mener des femmes sur les routes, car vous n'avez
aucune aptitude pour les conduire. »

Il les écoute et laisse passer l'orage, car il est aussi habitué aux querelles et aux fatigues qu'une gouttière à la
pluie.

Les voici parvenus maintenant au Puy en Auvergne, non
sans peine, et ils font leurs dévotions de pèlerin. Dieu sait
si le pauvre mari est pressé et poussé au milieu de la foule,
pour faire passer sa femme ! Voici qu'elle lui donne sa
ceinture et ses chapelets pour qu'il leur fasse toucher les
reliques et la statue vénérée de Notre-Dame. Dieu sait s'il
est alors bien bousculé, s'il reçoit de bons coups de coude
et s'il est joliment repoussé ! En outre, il y a parmi celles
qui les accompagnent de riches dames, demoiselles ou
bourgeoises qui achètent des chapelets en corail, en jais ou
en ambre, des bagues ou d'autres bijoux. Il faut maintenant
que sa femme en ait comme les autres ; dans certains cas, il
n'a pas beaucoup d'argent, mais néanmoins, il faut qu'il les
lui procure.

Ils sont maintenant sur le chemin du retour et le brave
homme y connaîtra autant d'ennuis qu'à l'aller : peut-être
l'un de ses chevaux tombera-t-il recru de fatigue ou bien

restera-t-il sur place, victime d'un refroidissement ou d'une enclouure ou d'une autre blessure ; et il doit en acheter un autre, mais il arrive qu'il n'en ait pas les moyens. Dans ce cas, il devra trotter à pied et être toujours auprès de sa femme ; et encore lui demande-t-elle souvent de lui cueillir des prunelles des buissons, des cerises ou des poires ; sans cesse elle le met à la peine et, au besoin, elle laisserait tomber sa cravache ou sa badine ou autre chose, pour qu'il les ramasse et les lui rende.

Les voici maintenant de retour chez eux, et le pauvre mari a grand besoin de repos, mais ce n'est pas encore le moment, car Madame, qui est fatiguée, passera quinze jours à ne rien faire, sauf de parler avec ses amies et ses cousines, d'évoquer les montagnes, les belles choses qu'elle a vues ainsi que tout ce qui lui est arrivé ; notamment elle se plaint de son brave homme de mari, prétendant qu'il ne lui a pas rendu le moindre service et que pour cette raison son cœur s'en trouve tout refroidi à son égard.

Le brave homme découvre chez lui toute la maison en désordre et il se donne beaucoup de mal pour arranger ce qui ne va pas. Bref, toute la charge retombe sur lui ; si les choses vont bien, elle dira que c'est grâce à elle et à une sage économie domestique ; si ça va mal, elle le critiquera et lui dira qu'il est seul fautif.

Maintenant qu'elle y a pris goût, elle aura toujours envie de voyager et d'aller sur les chemins ; quant à lui, toutes ses affaires péricliteront, il vieillira et deviendra goutteux ; le train du ménage augmentera tout comme les dépenses. Dorénavant, elle répétera que les enfants et les voyages l'ont brisée, elle critiquera tout et se montrera tyrannique. Voici le brave homme bien enfermé dans sa nasse, où il mènera toujours une vie de douleurs et de gémissements, tout en s'imaginant être heureux, et il finira ses jours dans la misère.

La Neuvième Joie

Blackest of all stories.

La neuvième joie de mariage arrive bien longtemps après l'entrée du jeune homme dans la nasse, prison de la vie conjugale. Au début, il y a connu des moments de délices, mais ensuite il aura peut-être découvert une épouse capricieuse et méchante (comme le sont presque toutes les femmes), espérant toujours avoir l'initiative de tout et régner en maître dans la maison, autant que son mari, et même plus, si possible. Mais, dans certains cas, le mari, en homme intelligent et perspicace, n'a pas voulu la laisser faire : il lui a résisté de mille manières ; dans maintes disputes, ils ont eu ensemble de violentes discussions ; quelquefois, les chicanes se terminaient en batailles. Mais, quoi qu'il en soit, dans cette longue suite de guerres qui ont duré entre eux pendant vingt ou trente ans, ou davantage, c'est lui qui, toujours maître de ses biens, remportait la victoire. Et vous pouvez vous faire une idée de tout ce qu'il a dû supporter pendant tant d'années, car peut-être a-t-il connu une grande partie des épreuves et des tribulations dont on a déjà parlé et dont on continuera à parler. Néanmoins, lui est demeuré victorieux : elle n'a réussi à l'atteindre ni dans ses affaires, ni dans son honneur, mais il a eu beaucoup à souffrir, comme vous pouvez le deviner si vous y réfléchissez bien.

Or, à la suite des grandes peines et des grandes fatigues, des nuits blanches et des froids qu'il a connus en cherchant

à gagner de l'argent sans faillir à l'honneur, comme tout un
chacun doit le faire, ou bien à la suite d'infirmités ou de la
vieillesse, le brave homme est atteint de faiblesse extrême,
de goutte ou d'autres maladies. Il arrive qu'une fois assis il
ne peut plus se relever, il est incapable de se déplacer ; il a
ou une jambe percluse ou un bras perclus, ou bien encore il
est atteint d'autres infirmités, malheurs que l'on voit souvent arriver.

C'est alors que s'achève la guerre ; la roue tourne, et la
malchance veut que sa femme soit en pleine santé et, parfois, plus jeune que lui : elle n'agira plus qu'à sa guise.
Voilà pris au piège le brave homme qui avait prolongé la
guerre de mille manières. Les enfants qu'il avait tenus la
bride haute suivant certains principes seront dorénavant
mal élevés, car chaque fois que cet homme plein de sagesse
voudra les réprimander, sa femme s'opposera à lui, ce qui
l'affligera beaucoup. En outre, il est à la merci de tous ses
domestiques, parce qu'il a très souvent besoin de leurs
services. Et il a beau avoir toute sa tête, on lui fait cependant croire qu'il est devenu gâteux, puisqu'il ne peut plus
se déplacer. Parfois son fils aîné, soutenu par sa mère,
voudra tout commander, étant de ces fils qui trouvent que
leur père tarde à mourir — et de ceux-là il y en a beaucoup.

Et lorsque notre homme plein de sagesse se voit ainsi
traité, lorsqu'il voit que sa femme, ses enfants, ses domestiques ne font aucun cas de lui ni n'exécutent un seul de ses
ordres, que même parfois ils l'empêchent de rédiger son
testament (soit parce qu'ils ont deviné son intention de
faire quelque legs à l'Église, soit parce qu'il ne veut pas
donner à sa femme ce qu'elle lui demande), lorsqu'il
constate qu'on le laisse quelquefois une demi-journée dans
sa chambre sans venir le voir, et qu'il endure la faim, la
soif, le froid, alors, pour toutes ces raisons, cet homme
plein de sagesse, qui est avisé, qui a fait preuve de discernement et qui a encore toute sa tête, est plongé dans un
profond abattement, mais il réfléchit et se dit qu'il va réa-
gir : il appelle sa femme et ses enfants.

Et cette femme, parfois, renonce à coucher avec son mari, pour être plus à son aise, car le brave homme, loin de pouvoir encore la satisfaire, ne cesse de geindre et de se plaindre. Ah ! si elle a oublié tous les plaisirs qu'il lui a jadis procurés, en revanche elle se souvient bien des disputes qu'il a provoquées ; aussi raconte-t-elle à ses voisines qu'il était un mari méchant, qu'il lui a mené la vie si dure que, n'eût-elle été une femme très résignée, elle n'aurait pu continuer de vivre avec lui. Mais, ce qui est bien pis, elle ne cesse de répéter au brave homme qu'elle est certaine qu'il expie ainsi ses péchés. En effet, parfois, elle n'est qu'une vieille sèche revêche et querelleuse qui se venge ainsi de n'avoir pu, dans le passé, être celle qui commandait, puisque son mari était un homme plein de sagesse et de discernement. Et vous pouvez bien vous imaginer combien le brave homme est heureux d'être ainsi berné !

Lorsque donc la femme et ses enfants que le mari avait appelés, comme on l'a vu plus haut, arrivent devant lui, il dit à sa femme :

« Ma mie, vous êtes l'être au monde que je dois le plus aimer, comme je suis l'être au monde que vous devez le plus aimer ; eh bien, sachez-le, je suis très mécontent d'un certain nombre d'attitudes que l'on a envers moi. Vous savez que je suis le maître dans cette maison et je le resterai aussi longtemps que je vivrai ; or ce n'est pas ainsi que l'on me traite : même si j'étais un pauvre malheureux qui s'en allât demander du pain, au nom de Dieu on ne devrait pas me traiter comme on le fait. Vous le savez, je vous ai aimée, et je vous ai chérie et je me suis donné beaucoup de mal pour maintenir notre train de vie et notre situation. Or voici que vos enfants, qui sont les miens, se conduisent très mal envers moi.

— Que voulez-vous donc que je fasse, dit-elle ? On vous traite le mieux possible. Mais vous ne savez pas ce que vous demandez ; mieux on vous traite et plus mal vous nous jugez — vous n'avez jamais été autrement —, alors, je sais bien à quoi m'en tenir.

— Ah ! ah ! chère femme, cessez de tenir de tels propos, car je n'en ai que faire ! »

Le brave homme s'adresse ensuite à son fils :

« Écoute-moi, mon cher fils ! J'observe ta conduite, et elle ne me plaît pas. Tu es mon fils aîné, tu seras donc mon principal héritier, si tu te conduis bien. Mais je constate que tu prends l'initiative d'administrer mes biens. Ne te mets point si en avant, pense plutôt à me rendre service et obéis-moi comme tu dois le faire. J'ai été un bon père pour toi, car non seulement je n'ai pas dilapidé mon héritage, mais je l'ai accru et bien fait fructifier, j'ai amassé beaucoup de biens pour toi. Seulement, si tu fais le contraire de ce que je te demande, je te jure, par ma foi, que je te le ferai regretter et que tu n'auras la jouissance d'aucun des biens que Dieu m'a donnés, prends-y garde !

— Et que voulez-vous qu'il fasse pour vous ? dit sa femme. On ne saurait comment vous rendre service. On aurait trop à faire si l'on voulait être toujours avec vous. Il serait temps pour notre fils que vous et moi nous fussions en paradis : ce ne serait pas désormais grand dommage ! Vous ne savez quoi demander : n'avez-vous pas ce qu'il vous faut ?

— Allons, chère femme, dit le mari, taisez-vous donc et ne le soutenez pas ! D'ailleurs, vous le soutenez toujours. »

Alors, sa femme et son fils le quittent ; puis ils parlent ensemble, en disant qu'il est vraiment gâteux. Et parce que le père a menacé son fils, ils se disent qu'il est en train de compromettre l'héritage, si on n'y met bon ordre ; et d'un commun accord ils décident d'empêcher quiconque de lui parler. Le fils, soutenu par sa mère, veut tout diriger, encore plus qu'avant. Ils sortent et s'en vont annoncer à tout le monde que notre homme plein de sagesse est tombé en enfance ; le fils se donne bien du mal pour mettre le brave homme en tutelle ; ils lui font croire qu'il a perdu la raison et la mémoire, alors qu'il a toujours toute sa tête. Quelqu'un vient-il à la maison pour lui parler et demande-t-il à la femme de voir cet homme respectable qui avait

l'habitude d'avoir une maison accueillante et de bien recevoir les personnes qui venaient le voir, elle lui répond :

« Notre-Seigneur l'a privé de raison.

— Mais, comment est-ce arrivé ? demande le visiteur.

— Ma foi, il est comme un simple d'esprit et il est
tombé entièrement en enfance, depuis déjà un bon
moment. Je peux bien louer Dieu de tout ce qu'Il me
donne ! En effet, j'ai la lourde charge de tout l'entretien de
la maison et je n'ai personne pour m'aider.

— Vraiment, c'est un grand malheur, mais je suis très
étonné, car récemment encore je l'ai vu, et il n'y avait pas
d'homme plus raisonnable que lui dans tout le pays.

— Oui, mais, telle est la volonté de Dieu. »

Voilà comment est manœuvré le brave homme qui a
mené une vie honorable et qui aurait bien conduit sa propre barque ainsi que celle de son ménage si on avait voulu
lui faire confiance. Vous pouvez donc vous imaginer qu'il
va sentir ses forces diminuer, lui qui ne peut plus se déplacer ni même confier à quelqu'un combien on lui fait de
tort. C'est ainsi qu'il vit tout en dépérissant, ainsi qu'il use
le reste de sa vie. Jamais plus il n'éprouvera de joie. C'est
même un miracle qu'il ne songe aux solutions du désespoir ; d'ailleurs, il se suiciderait s'il n'était un homme raisonnable. Il lui faut donc prendre son mal en patience, car
la résignation est son seul remède. Personne donc ne
pourra lui parler sans avoir la permission des siens. Personnellement, je crois que c'est là une des plus grandes
douleurs qui existent sur cette terre.

Ainsi notre homme plein de sagesse accomplit-il sa
pénitence, et il pleure souvent ses péchés dans cette nasse
où il a tant désiré entrer — que de mal il s'était donné pour
y pénétrer — et d'où il ne sortira jamais. (D'ailleurs, n'y
serait-il pas entré, il n'aurait eu de cesse d'y être.) Ainsi il
dépérira de jour en jour et finira sa vie dans la misère.

REFRAIN

Ergo time. te inftrue . corrige mentem. Viue mori preſto : debita ſerre para.
Dum licet et ſpacium datur : iſta reſinque pro patria ceſt. qua ſine fine dies.

La'mort.   La mort.

Apres:nouuelle mariee   femme groſſe prenez loiſir
Qui auez mis voſtre deſir   Dentendre a vous legierement
A danſer:z eſtre paree   Car huy mourrez ceſt le plaiſir
Pour feſtes z nopces choiſir   De dieu z ſon commandement
En danſant ie vous vien ſaiſir Allons pas a pas bellement
Au iourduy ſerez miſe en terre En gettant voſtre cueur es cieulx
Mort ne vient iamais a plaiſir Et nayes peur aucunement
Ioye ſen va comme feu de ferre Dieu ne fait rien que pour le mieulx

La nouuelle mariee   La femme groſſe

Las:demy an entier na pas   Iauray bien petit de deduit
Que cômence a tenir meſnage   De mon premier enfantement
Par quoy ſi toſt paſſer le pas Si recommande a dieu le fruit
Ne my eſt pas doulceur:mais raige Et mon ame p reſſlement
Iauoye deſir en mariage   Helas: bien culdoye autrement
De faire mons et merueilles   Auoit grant ioye en ma geſine
Mais la mort detrop pres me charge Mais tout va bien piteuſement
Vng peu de vent abat grant fueilles Fortune toſt ſe change z fine

La Dixième Joie

La dixième joie de mariage arrive à celui qui, marié, s'est mis dans la nasse, parce qu'il avait vu les autres poissons qui se divertissaient à l'intérieur — du moins le croyait-il — et qu'il s'est tant évertué qu'il a fini par en trouver l'entrée pour goûter plaisirs et jouissances, comme on l'a déjà dit. Et, peut-on ajouter, on le fait entrer dans la nasse du mariage comme les oiseaux de rivière que l'oiseleur attire dans ses filets, grâce à certains oiseaux dressés que l'on appelle des appeaux. Lorsqu'on donne à manger à ces bêtes faites pour être attachées au filet, les autres qui ne font que voler de rive en rive, pour trouver une nourriture de leur goût, s'imaginent que les appeaux sont très heureux. Hélas ! ils ne le sont pas, car ils ont chacun un lien à la patte, et ils sont ramenés à la maison dans un sac ou dans un panier, entassés et victimes de terribles souffrances contre nature. Qu'ils seraient heureux les oiseaux retenus prisonniers, s'ils étaient aussi libres que les autres qui peuvent aller de rive en rive et goûter de toutes les nourritures ! Mais ces derniers, dès qu'ils voient les autres nourris comme on l'a dit, s'en vont vite les rejoindre à grands coups d'aile ; chacun d'eux s'y précipite sans se soucier de son voisin, sauf certains, plus rusés, qui ont aperçu le piège constitué par le filet ou qui en ont entendu parler, qui s'en sont bien souvenu et ne l'ont pas oublié ; ceux-là s'éloignent du filet comme d'un feu, car les pauvres animaux retenus à l'intérieur ont perdu leur liberté que jamais ils ne retrouveront, vu qu'ils resteront toujours esclaves et qu'on leur abrège la vie. Mais néanmoins le mari dont nous parlons a pris garde d'entrer dans la nasse le mieux possible (quelquefois, il est entré sans guère réfléchir). En tout cas, il s'imagine trouver là où il s'est mis joies, plaisirs, ébats amoureux ; mais c'est tout le contraire qu'il a découvert.

Et parfois il arrive, à la suite de je ne sais quelle sorcellerie, quel envoûtement, quels sortilèges ou maléfices, que sa femme s'imagine ne jamais pouvoir aimer son mari. Alors, elle dit à sa cousine ou à sa mère qui l'en blâme qu'étendue auprès de son époux, elle sent comme des aiguilles piquer sa chair ; jamais elle ne pourrait procurer dans l'amour du plaisir à son conjoint. Elle dit encore qu'il ne peut rien faire, tant que les jeteurs de sort n'en ont pas décidé autrement, alors même qu'ils ont l'un et l'autre grand désir de s'aimer. Ce sont là, à mon avis, de terribles tourments ; c'est un peu comme si, ayant soif, on pouvait approcher sa bouche de l'eau mais non la boire. Aussi est-il fréquent de voir des femmes dans cette situation prendre un ami : lorsqu'elle est avec lui, il n'est pas envoûté ! Il sait bien s'aider de tous ses membres avec toute la bonne volonté qu'ils y mettent ! Parfois la femme et son ami se conduisent avec maladresse et imprudence, et le mari découvre la vérité ; jaloux, il devient fou de rage et se met à la battre.

Dans certains cas la femme met toute son ardeur à outrager son mari (c'est arrivé à plus d'un). Parfois encore, parce qu'il lui cherche de mauvaises querelles et aussi parce qu'il la bat, elle le quitte et le laisse en plan. Mais, néanmoins, il est certains maris qui enragent, partent à sa recherche et fouillent partout ; ils seraient prêts à donner tout leur argent pour la retrouver. Quant à elle, après s'être donné un peu de bon temps, lorsqu'elle voit les bonnes dispositions de son époux, elle a quelques-uns de ses amis qui vont s'entendre avec sa mère pour affirmer qu'elle est toujours restée avec elle et que la pauvre fille ne l'avait quitté que parce qu'il voulait la martyriser.

« Je préférerais, dit la mère au mari, que vous me la rendiez définitivement plutôt que de la savoir ainsi battue, car, j'en suis sûre, ma fille n'a jamais commis la moindre faute envers vous et, à ma demande, elle en a juré ses grands dieux. Prenez bien en compte, continue-t-elle, que si, après qu'il l'a battue, elle s'était mal conduite, c'est par votre faute que la pauvre fille se serait perdue ! »

Et, sachez-le, voilà ce qui arriva à plus d'un mari à qui l'on faisait boire de mauvais philtres pour pouvoir porter la culotte ou pour faire bien pis.

Quelquefois, l'homme et la femme souhaitent la séparation : parfois le mari accuse sa femme et la femme accuse son mari. Ils sont entrés d'eux-mêmes dans la nasse et ils voudraient en sortir, mais il n'est plus temps de s'en repentir. Ils se perdent en plaidoiries, mais dans certains cas, parce qu'ils ne fournissent pas d'arguments suffisants pour justifier une séparation ou bien parce qu'ils ne justifient pas assez leur intention, le juge décrète qu'ils resteront mariés et il leur défend publiquement de récidiver sous peine d'excommunication. Voilà le lopin qu'ils ont gagné, en plus des liens qui les enchaînaient déjà ! Ils n'en avaient pas assez d'être liés, les voilà en outre la risée de tous.

Quelquefois, ils fournissent l'un contre l'autre des arguments suffisants et obtiennent du juge une séparation légale, mais ce dernier les frappe de lourdes peines, leur enjoignant de vivre dans la continence et la chasteté. Mais voyez ce qui leur arrive : soit l'un ou l'autre, soit tous les deux, mènent une vie dissolue ; ils font ce dont ils ont envie où cela leur plaît. Parfois une telle femme s'en va de chambre en chambre jusque dans une « bonne ville [1] » où elle se laisse aller à tous ses plaisirs. Ils s'imaginent être sortis de la nasse, ils croient s'en être échappés, alors qu'ils sont dans une situation pire qu'avant. L'homme, quelle que soit sa condition, est maintenant perdu et déconsidéré en ce monde, tout comme la femme. Ni l'un ni l'autre ne peuvent se remarier. S'ils possèdent de grands biens et s'ils appartiennent à une grande famille, leur nom s'éteint avec eux et ils mourront sans héritier. L'homme est couvert de

honte à cause de sa femme qui est déconsidérée aux yeux
de tous, car, d'aventure, elle a quelque jeune coq qui
l'entretient sous les yeux de son mari, d'une façon scanda-
leuse. A mon avis, c'est un des plus grands tourments
qu'un homme puisse connaître. Quel beau remue-ménage
en vérité !

Le mari passe donc sa vie dans la nasse, il y vivra en
dépérissant chaque jour un peu plus et finira ses jours dans
la misère.

---

1. Une « bonne ville » se réclame directement du pouvoir royal
qui lui a accordé un régime municipal et l'exemption de la taille.

La Onzième Joie

La onzième joie de mariage arrive lorsque le futur mari est un jeune séducteur beau et distingué. Il voyage alors à travers son pays, le cœur joyeux ; il est totalement indépendant, il peut aller d'un lieu à un autre, à sa guise, sans aucune contrainte. Tout au long de l'année, il se rend en divers endroits, mais il va surtout là où il sait qu'il rencontrera, selon le milieu auquel il appartient, des femmes mariées, des jeunes filles nobles, des bourgeoises ou d'autres femmes. Il est jeune, plein de vie et de charme, enclin à l'amour, mais il est encore naïf et inexpérimenté : il ne se soucie que de jouir des plaisirs.

Dans certains cas, il a encore ses parents ou bien seulement son père ou sa mère ; enfant unique, il est toute leur joie ; aussi ses parents lui achètent-ils monture et équipements ; dans d'autres cas, il est devenu récemment propriétaire d'une terre et il s'en va voyager, frais et gaillard, à travers le pays, en bonne compagnie et dans de bons endroits ; vient-il à y rencontrer une femme mariée, une jeune fille noble, une bourgeoise ou une autre femme qui eût besoin de lui, il se met volontiers à son service.

Dans l'une des maisons qu'il fréquente assidûment se trouve une belle jeune fille, peut-être d'un milieu supérieur au sien ou bien inférieur au sien ; elle peut être bourgeoise ou d'une autre condition, mais peu importe, elle est très belle, digne d'estime ; elle a de si bonnes manières que c'en est incroyable. Sa beauté et sa réputation lui valent de plus en plus l'estime générale, et des prétendants toujours plus nombreux viennent lui adresser leurs prières. Parfois, l'un s'est révélé si convaincant qu'elle n'a pu repousser ses avances. En effet, une femme raisonnable et de bon tempérament sanguin est spontanée et toujours bien disposée, donc elle ne saurait repousser la requête de quelqu'un pour peu que les démarches pressantes de ce dernier respectent les convenances. Quant aux femmes d'un autre tempérament, elles comprennent aisément toute proposition, pour peu qu'on se fasse bien entendre.

Mais revenons-en donc à la jeune fille : à la suite des démarches importunes et insistantes d'un vaurien sans argent, qui plusieurs fois l'a suppliée, elle lui accorde ce qu'il demandait. Et, dans certains cas, il s'agit ou de la fille de la maison ou de la nièce ou d'une parente. Arrive ce qui devait arriver : elle est enceinte. Aucune autre solution que de le cacher et de rétablir la situation le mieux possible. Aussi la maîtresse des lieux, une femme pleine d'une grande sagesse, y mettra-t-elle — si Dieu le veut — bon ordre. Quant au vaurien sans le sou, responsable de la chose, il est banni de la maison et il n'y revient plus. La maîtresse des lieux aurait volontiers tout fait pour qu'il prît la jeune fille pour épouse, mais, dans certains cas, il n'est qu'un intellectuel sans aucune fortune ou d'une situation telle qu'on ne peut la lui donner ; dans d'autres cas, il est marié, ce qui arrive souvent. Et Dieu, pour punir ces hommes mariés, leur inflige maintes fois de semblables peines, car, en trahissant leur femme, ils commettent une folie, ils ne savent pas en effet ce qu'ils font, parce que la femme qui se sent trompée par son mari ne se soucie plus que d'une chose : lui rendre la pareille.

Il faut admettre ce qui s'est passé : elle est tombée enceinte depuis peu de temps ; elle-même ne sait pas ce qui lui arrive, car elle n'est qu'une enfant qui ignore tout de la vie. Mais la maîtresse de maison le sait bien, car la pauvre fille vomit chaque matin et a le teint pâle. Alors cette dame, qui connaît l'Ancien et le Nouveau Testament, décide d'agir et appelle la fille bien en cachette :

« Viens ici, dit-elle. Je t'ai dit d'autres fois que tu serais perdue et déshonorée si tu faisais... ce que tu as fait, mais ce qui est fait est fait. Je le vois bien : tu es enceinte ; dis-moi la vérité !

— Par ma foi, dit la jeune enfant — un jeune tendron à peine éclos, qui oscille entre treize et quinze ans —, je n'en sais rien.

— Il me semble, dit la maîtresse de maison, que, chaque matin je te vois vomir et avoir telle et telle attitude.

— Oui, c'est vrai, Madame, j'ai mal au cœur.

— Ah, ah, dit la maîtresse de maison, tu es enceinte à coup sûr ! N'en dis pas un mot, ne le laisse voir à personne et veille bien à faire ce que je te dirai.

— Très volontiers, Madame, dit la jeune enfant.

— N'as-tu pas remarqué, dit la maîtresse de maison, tel écuyer qui nous rend souvent visite ?

— Oui, je l'ai vu, Madame.

— Fais donc bien attention, car il viendra chez nous demain ; veille à lui réserver un bon accueil, à avoir de bonnes manières, et, lorsque tu me verras parler avec d'autres gentilshommes et d'autres dames, tous ensemble, ne cesse de lui jeter de très doux regards convenables, fais comme moi (et elle lui montre comment faire). Et s'il te parle, écoute-le avec plaisir et avec bienveillance ; réponds-lui bien poliment. S'il te parle d'amour, veille à bien l'écouter parler, remercie-le de t'en avoir priée, mais dis-lui que tu ignores tout de l'amour et que tu ne veux pas encore en entendre parler — elle est bien hautaine, quoi qu'on en dise, la femme qui refuse d'écouter les gens qui veulent lui faire plaisir. De plus, s'il veut te donner de l'or ou de l'argent, ne le prends point ; mais s'il t'offre une bague, une ceinture ou un autre cadeau, refuse-le d'abord doucement, puis, à la fin, accepte-le par amour pour lui, sans y voir là quelque mal ou quelque bassesse. Et, lorsqu'il prendra congé de toi, demande-lui si on le reverra sous peu.

— Je suivrai volontiers vos conseils, Madame », dit la jeune demoiselle.

C'est alors que s'en vient notre distingué séducteur qui va bientôt être mis dans la nasse, car la maîtresse de maison veut lui faire épouser la demoiselle, si elle le peut. C'est qu'il a une bonne dot et il est naïf, inexpérimenté, bon pour être ceint sur le cul, comme Martin de Cambrai [1]. C'est alors qu'il vient rendre visite aux jeunes filles, et il en est très heureux. Il reçoit un très bon accueil, et toutes ont tendu leurs pièges pour l'attraper. On va déjeuner et on fait bombance. Après le repas, la maîtresse de maison choisit un écuyer ou un chevalier puis va s'asseoir ; les autres s'assoient aussi pour parler et s'amuser ensemble. Notre séduisant jeune homme se tient près de la fillette ; ils parlent ensemble ; il s'avance, lui prend la main et lui dit :

« Plût à Dieu, Mademoiselle, que vous connaissiez mes pensées !

— Vos pensées ? Mais comment pourrais-je les connaître si vous ne me les dites pas ? Avez-vous des pensées dont vous ne devez pas me faire part ?

— Nenni, ma foi, je n'ai aucune pensée que je ne désirerais pas bien vous faire connaître, mais je voudrais bien que vous connaissiez mes pensées sans que je dusse vous les exprimer.

— Vraiment, ajoute-t-elle en riant, vous me dites là quelque chose d'impossible.

— Si cela vous plaisait, pourvu que cela ne vous causât aucun désagrément, je vous le dirais.

— Monsieur, parlez, parlez comme il vous plaira, car je sais bien que vous ne prononcerez rien de mal devant moi.

— Mademoiselle, je ne suis qu'un pauvre gentilhomme ; je ne suis pas digne de mériter de devenir votre " ami par amour ", car vous êtes belle, distinguée, gracieuse, et comblée de tous les biens que jamais Nature ne donnât à une jeune fille. Cependant, si vous acceptiez de me faire l'honneur que je devinsse votre ami, j'ose bien me vanter que je mettrais tout mon cœur et beaucoup d'empressement à vous servir et à avoir pour vous les mille attentions qu'une femme est en droit d'attendre d'un homme ; que jamais je ne vous abandonnerais, quoi qu'il dût en advenir ; et que je veillerais sur votre honneur encore plus que sur le mien.

— Monsieur, je vous en remercie beaucoup, mais pour l'amour de Dieu, ne me parlez pas de telles choses, car je ne sais de quoi vous parlez — et je ne veux pas le savoir —, parce que ce ne sont pas là les matières que m'enseigne Madame chaque jour.

— Par ma foi, Mademoiselle, Madame dont vous parlez est une excellente dame, mais si vous le désiriez, elle n'en saurait rien, car je me conduirais exactement comme vous le désireriez.

— Mais, cher Monsieur, j'ai entendu parler l'autre jour de votre prochain mariage. Comment pouvez-vous donc me tenir de tels propos ?

— Mademoiselle, je vous le jure, si vous le désiriez, je ne me marierais pas tant que vous voudriez bien que je fusse votre chevalier servant.

— Ce ne serait profitable ni pour vous ni pour moi ; vos amis ne vous le conseilleraient point, et puis, accepteriez-vous que je fusse déshonorée ?

— Je vous le jure, Mademoiselle, je préférerais être mort.

— Pour l'amour de Dieu, taisez-vous ; si Madame vous entendait, je serais perdue. »

Peut-être Madame lui a-t-elle fait signe de se taire, dans la crainte qu'elle ne joue plus bien son personnage. C'est alors qu'il lui glisse dans la main une bague ou autre chose avec ces mots :

« Je vous en prie, Mademoiselle, gardez ceci, pour l'amour de moi !

— Non, assurément, je ne le prendrai point.

— Ah ! Mademoiselle, je vous en supplie. »

Il lui glisse l'objet dans la main et elle accepte, en disant :

« Je vais le prendre pour l'amour de vous, comme une

marque d'honneur, sans y voir là quelque mauvaise pensée. »

Alors la dame s'adresse aux gentilshommes qui l'entourent (peut-être certains sont-ils des parents de la jeune fille) :

« Il convient que nous allions demain en pèlerinage à Notre-Dame de tel endroit.

— Ah oui, disent-ils, c'est une très bonne idée, Madame. »

On va dîner et on place toujours le séducteur près de la demoiselle qui continue à bien jouer son personnage, tant et si bien que le voilà bien allumé et brûlant d'amour, car, en pareil cas, un jeune homme ne sait pas ce qu'il fait.

Puis vient le lendemain ; on monte à cheval, et tous disent qu'il n'y a pas de cheval qui porte en croupe, sauf celui de notre séducteur, qui est bien content, car on place la demoiselle derrière lui. Pour se tenir à cheval, elle l'entoure de ses bras. Dieu sait s'il en est bien aise : il voudrait pouvoir donner à présent un grand lopin de ses terres pour la tenir comme il en a envie. Il est très proche de l'entrée de la nasse. Maintenant ils font leur pèlerinage avec une profonde « dévotion », Dieu le sait ! Au retour, on dîne à la maison, car le pèlerinage n'a été organisé que pour entortiller le soupirant, qui est toujours auprès de la jeune fille. Après le dîner, la dame fait venir dans sa chambre la demoiselle et lui demande :

« Allons ! dis-moi comment tu as mené l'affaire.

— Madame, je vous le jure, il n'a cessé toute la journée de me supplier », et elle lui raconte tout.

« Alors, maintenant, dit la dame, réponds-lui donc habilement ; dis-lui que l'on parle de te marier, mais que tu ne veux point encore épouser quelqu'un ; s'il s'offrait à te prendre pour épouse, remercie-le, dis-lui que tu m'en parleras et qu'il est l'homme au monde que tu préférerais. »

Ensuite, tous s'en vont dans le jardin jouer entre les massifs de girofliers et les berceaux de treillage. Notre soupirant s'adresse à la jeune fille :

« Pour l'amour de Dieu, ma mie, ayez pitié de moi !

— Ah, je vous en prie, ne m'en parlez plus, ou alors je cesserai d'être en votre compagnie. Voudriez-vous que je perdisse mon honneur ? N'avez-vous pas entendu dire que l'on envisage de me marier ?

— Par mon âme, je ne voudrais critiquer personne, mais, me semble-t-il, je suis capable de vous combler d'attentions et de plaisirs aussi bien que celui dont j'ai entendu parler.

— Ma foi, je le sais bien, et même je voudrais bien qu'il vous ressemblât.

— Merci beaucoup, Mademoiselle, je vois bien qu'avec votre obligeance vous m'estimez plus que je ne le mérite ; mais s'il vous plaisait de m'accepter pour époux, je me considérerais comme très honoré.

— Merci beaucoup, Monsieur. Il faudrait en parler à Madame et à mes amis.

— Si je savais qu'ils y consentiraient, très volontiers, je leur en parlerais.

— Mon Dieu, ne dites pas que vous m'en avez fait part ni que je vous ai répondu, car je serais morte.

— Je ne dirai rien. »

Il s'en va aussitôt et il en parle à la dame avec beaucoup d'humilité, car il a grand-peur qu'elle ne le repousse.

Bref, ils font tant que l'affaire est conclue. On les fiance ou autrement ils se fiancent en secret ; ils vont même au-delà, sans en parler à personne, comme il arrive souvent. Le pauvre homme est maintenant dans la nasse ; il s'est marié sans en avertir son père ni sa mère ; aussi en éprouvent-ils un chagrin inimaginable, car ils savent bien que ce n'était pas un mariage pour leur fils. Ils ont appris beaucoup de choses qui existent ; ils sont donc entre la vie et la mort. Parfois, on fait les noces sans ban(c)s et sans tabourets [2], car lui il a hâte de la posséder et les amis de la fille, eux, ont peur qu'il n'y ait quelque empêchement.

Vient alors la nuit de noces. Sachez que la mère, par exemple, a bien initié sa fille : elle lui a appris certaines contorsions du corps pour se dérober à son mari, ainsi qu'une jeune fille vierge doit le faire. La dame lui a bien expliqué, lorsqu'elle sentira qu'il veut forcer l'hymen, à jeter un cri, le souffle coupé, comme une personne qui, sans en avoir l'habitude, entre nue d'un seul coup jusqu'aux seins dans l'eau froide. C'est ce qu'elle fait, elle joue très bien son personnage : en effet, dans ce domaine secret, il n'y a pas plus experte qu'une femme, lorsqu'elle le veut.

Pendant plus de trois mois, tout va bien, mais voici ce qui survient : le père et la mère ont beau avoir conçu une peine incroyable, malgré tout, par pitié et par amour pour leur fils, ils accueillent le séducteur et sa femme. Mais voici qu'arrive une plus grande catastrophe : deux ou trois mois ou quatre mois plus tard, la femme accouche et impossible de le cacher. C'est alors que toutes les joies du temps passé se transforment en tristesses. Le mari veut-il la mettre dehors, ce sera la honte sur lui, car tel l'apprendra qui n'en aurait rien su. Il ne pourra pas se remarier, et sachez qu'elle, de son côté, s'en donnera à cœur joie. La garde-t-il, elle n'éprouvera jamais d'amour pour lui, lui non plus pour elle, mais elle fera flèche de tout bois. D'autre part, il lui reprochera souvent sa conduite, dans certains cas, il la battra ; jamais ils ne feront un bon ménage. Cependant il est dans la nasse, d'où il ne pourra s'échapper, il continuera d'y vivre, dépérissant de langueur de jour en jour, et finira sa vie dans la misère.

---

1. Martin de Cambrai : nom donné à l'une des deux figures qui servent de jaquemarts à l'horloge de Cambrai et qui frappent les heures avec un marteau. Martin est habillé en paysan et il porte sur les reins une ceinture qui le serre très fort et trop bas. La locution, comme l'a démontré J. Monfrin, évoque l'idée de ridicule, de sot, de dupe. Le jeune homme ici est bon pour être dépouillé de ses biens.
2. Mariage « sans ban(c)s ni tabourets » : mariage précipité, semi-clandestin, puisqu'on ne publie même pas les bans. Jeu de mots sur « ban ».

La Douzième Joie

La douzième joie de mariage arrive à un mari qui, en sa jeunesse, est tant allé et venu qu'il a trouvé l'entrée de la nasse ; il y a pénétré et y a trouvé une femme telle qu'il la souhaitait. Dans certains cas, il aurait été plus utile pour lui d'en rencontrer une autre, mais il ne l'aurait voulu pour rien au monde. Il croit alors avoir été le mieux loti et avoir eu beaucoup de chance, puisque Dieu lui a permis de la découvrir ; à son avis, il n'y en a pas deux semblables. Il l'écoute avant de parler, il se fait gloire de sa manière de faire, de sa sagesse, même s'il lui arrive de divaguer. Et, dans certains cas, le brave homme est de ceux qui sont décidés à faire tout ce qu'elle demande ; il n'agit jamais sans son conseil. Quelqu'un traite-t-il une affaire avec lui, il dit :

« J'en parlerai à ma femme : c'est elle qui commande à la maison. »

Si elle le veut, l'affaire sera conclue ; sinon, il n'en sera rien. En effet, le bon mari est si bien dompté qu'il est aussi docile qu'un bœuf attelé tirant une charrue. Maintenant, le voici mûr pour la douzième joie !

Si, par exemple, il est noble, lorsque le prince lèvera des troupes pour lancer une expédition, il ne partira que si sa femme l'accepte. Il aura beau dire :

« Ma mie, c'est mon devoir de partir.

— Vous partir ? répondra-t-elle. Et qu'irez-vous faire ?

Dépenser tout votre argent, vous faire tuer, et vos enfants et moi, nous serions dans une belle situation ! » Bref, si elle ne le veut pas, il n'ira pas ; et se défende qui pourra et garde son honneur qui voudra.

Mais elle peut aussi vouloir son départ de la maison pour s'en débarrasser et elle l'envoie là où cela lui chante. Lorsqu'elle lui adresse des reproches, il ne dit pas un mot, parce que même si elle a des torts, elle a l'impression d'avoir raison et d'être la personne sensée. Ah ! les beaux exploits qu'il va dorénavant accomplir, maintenant qu'il est sous la coupe de sa femme. Parlons-en de l'intelligence : il n'y en a pas plus chez la femme la plus raisonnable du monde que d'or dans mon œil ou de queue à un chimpanzé, car elle est à peine arrivée à la moitié de ce qu'elle veut dire ou faire qu'elle ne sait plus où elle voulait en venir. Et ce n'est pas tout, le brave homme a encore beaucoup de souffrances à endurer. Sa situation va mal, si elle est une honnête femme, mais si elle ne l'est pas — et c'est le cas le plus fréquent — vous vous imaginez tout ce qu'il va souffrir : elle lui en fait voir de belles, des vertes et des pas mûres ! Elle l'envoie dormir lorsqu'il a envie de veiller ; veut-elle faire quelque chose à son insu, elle le fait lever à minuit, en lui rappelant qu'il a une affaire urgente à régler, ou bien elle lui demande de se rendre à tel pèlerinage pour remplir un vœu qu'elle a fait en toute hâte, à la suite d'un mal au côté ; et lui s'y rendra, qu'il pleuve ou qu'il grêle.

Et si par hasard son amant, qui connaît les entrées de la demeure, ne peut plus attendre pour l'entretenir, il s'en vient la nuit, pénètre dans la maison, se met dans le cellier ou dans l'écurie pour trouver un moyen de parler avec la dame ; ou bien il en est réduit aux solutions du désespoir, à entrer dans la chambre même où le brave mari est couché. C'est qu'un coquin en chaleur est poussé aux extrémités et fait tout ce que lui suggère sa passion pour assouvir son désir. Et on en a souvent vu plus d'un que leur mauvaise conduite a fait surprendre en flagrant délit d'adultère. Dans de tels cas, leurs amies y ont perdu leur réputation, mais elles sont si spontanées qu'en voyant tous les risques que prennent leurs amants, elles seraient incapables de les repousser, même si elles devaient en mourir ; et le feu de la folle passion s'embrase à qui mieux mieux. Quelquefois, au moment où l'amant se jette, comme j'ai dit, dans la maison, le chien s'en aperçoit et aboie, mais elle fera alors croire à son mari que ce sont des rats que le chien a flairés, comme cela lui arrive souvent. D'ailleurs, le mari aurait-il vu de la façon la plus manifeste sa femme commettre la faute, loin de croire qu'elle le trompe, il penserait qu'elle a inventé cette histoire de rats pour qu'il ne s'inquiète pas. Bref, le voilà bien entortillé dans la nasse. Elle lui fait supporter les jeux des enfants, les lui fait bercer, lui fait tenir son fuseau lorsqu'elle met le fil en écheveaux le samedi.

Mais il n'en a pas encore assez. Voici que survient une nouvelle catastrophe : le pays est en guerre, et chacun va se retirer dans les villes et les châteaux forts. Le brave homme ne peut pas partir ni laisser sa femme ; parfois, il est fait prisonnier, maltraité, battu, et il doit payer une grosse rançon pour être libre. Ah, dans tout ce remue-ménage il a la bonne part ! S'il veut éviter d'être fait prisonnier, il se retire dans un château fort, mais, chaque nuit, il s'en va à tâtons, à travers les haies et les buissons, au point d'être rompu et mis en pièces. C'est dans cet état qu'il vient voir sa famille. Et sa femme alors crie, lui adresse des reproches, elle le tient pour responsable de tous les malheurs et de toutes les malchances comme s'il pouvait faire régner la paix entre les rois de France et d'Angleterre ! Elle ajoute qu'elle ne restera plus à cet endroit. Alors le bonhomme doit transporter en toute hâte sa femme et ses enfants dans le château fort ou dans la ville voisine ; Dieu sait le mal qu'il se donne pour aider sa femme et ses enfants à monter et à remonter à cheval, pour faire les bagages et les charger, puis pour tout installer, lorsqu'il est dans la forteresse. Personne ne pourrait bien le décrire ! Mais vous pouvez imaginer la peine qu'il a, combien il maigrit, et combien ces disputes le tourmentent : elle ne sait qu'inventer pour se venger sur lui de son malheur ; endurci au vent et à la pluie, il doit trotter tantôt de jour, tantôt de nuit, à pied ou à cheval — tout dépend de sa condition —, et ici et là, pour trouver de la nourriture et pour régler ses autres affaires. Bref, son pauvre corps, au lieu d'avoir du repos, ne connaî- tra plus que peines et tribulations, car c'est là son destin. Et si, par hasard, très contrarié par sa femme qui lui cherche noise, il voulait lui résister en lui répondant ou d'une autre manière, il verra sa peine redoublée : il sera réduit à l'obéissance, vaincu finalement, et encore plus esclave qu'avant. Il est maintenant trop tard pour commencer à se révolter. Vous devez savoir que ses enfants sont mal édu- qués, mal élevés ; jamais il n'oserait les toucher ; ils doi- vent avoir tout ce qu'ils demandent ; tout ce qu'ils font est bien fait. Et en jouant ensemble à jeter des pierres, ils seraient bien capables de crever un œil de leur père. Enfin, lorsque la guerre est finie, il faut à nouveau charrier vers la maison tout ce que l'on a apporté et recommencer à pei- ner.

Maintenant le brave homme est devenu vieux, et on l'appréciera encore moins qu'avant, on le jettera dehors comme un vieux fauconnier qui n'est d'aucune utilité. Sa femme marie ses filles à sa guise, quelquefois d'une manière peu heureuse : ni elles ni leurs maris ne respectent le pauvre homme qui maintenant souffre de goutte et qui, à la suite des maux qu'il a endurés, est devenu impo- tent.

C'est alors qu'il pleure ses péchés, dans la nasse où il est enfermé, mais il n'en sortira jamais ; il y demeurera dans la douleur et les gémissements. Il n'oserait même pas faire dire une messe pour le salut de son âme, car il préfère sa femme à son salut ! Pour tout testament, il met son âme entre les mains de sa femme ! C'est ainsi qu'il use sa vie, dépérissant petit à petit, accablé de tristesse éternelle, et il finira ses jours dans la misère.

La Treizième Joie

La treizième joie de mariage arrive lorsque le mari est resté dans la nasse avec sa femme cinq ou six ans, ou davantage, et qu'il a eu la chance — du moins le croit-il — de trouver une femme bonne et sage et de connaître avec elle de grands plaisirs et de grandes jouissances. Dans certains cas, le mari est un homme noble, désireux d'acquérir au-dehors honneur et réputation d'homme vaillant. Il désire s'en aller et il en parle à sa femme. Elle l'embrasse alors, elle le prend par le cou et elle lui répète plusieurs fois, tout en soupirant et en pleurant :

« Hélas ! mon ami, vous voulez donc m'abandonner, vous séparer de moi, abandonner vos enfants ? Et nous ne savons pas si nous vous reverrons jamais. »

Jour et nuit, elle s'évertue à le retenir pour qu'il ne s'en aille point.

« Ma mie, dit-il, il faut que je parte, mon honneur est en jeu ; il faut que j'obéisse au roi, sinon je perdrai le fief que je tiens de lui. Mais s'il plaît à Dieu, je vous reverrai bientôt. »

Dans certains cas, il part outre-mer, en quelque pays, pour acquérir de l'honneur et le titre de chevalier. En effet, il se trouve quelquefois des maris au cœur si courageux et si noble que rien ne les empêcherait d'accomplir des actions glorieuses, même pas l'amour de leur femme et de leurs enfants. Il prend donc à grand regret congé de sa femme qui manifeste la plus grande affliction que l'on puisse décrire, mais c'est un homme qui aime l'honneur, et rien ne pourrait le retenir, comme on l'a dit.

La plupart des maris, cependant, pour défendre eux-mêmes leur terre, sont incapables de se séparer de leur femme pour aller à dix ou douze lieues, si ce n'est contraints et forcés, et comme piqués d'un aiguillon. En vérité, ces hommes déshonorent grandement à coup sûr toute la noblesse : ils sont lâches et ils devraient être bannis de toute bonne compagnie et privés du titre ainsi que des privilèges de la noblesse ; il ne se trouverait personne, au courant de ces faits, pour soutenir que de telles gens soient nobles, en admettant que leurs pères l'aient été.

Revenons donc à ce noble homme dont nous parlons ; il s'en va et recommande à ses meilleurs amis sa femme et ses enfants qu'il aime plus que tout, après son honneur. Alors il arrive qu'il traverse la mer, puis qu'il soit fait prisonnier des ennemis ou par hasard ou pour d'autres raisons. Il reste sans pouvoir revenir pendant deux, trois, quatre ans ou davantage. Sa femme éprouve une grande douleur pendant un certain temps, puis il arrive qu'elle apprenne sa mort, ce qui la met dans un état de tristesse indescriptible. Mais elle ne peut pas toujours pleurer, aussi sa douleur s'apaise-t-elle (Dieu merci), tant et si bien qu'elle prend un autre mari qui la comble de plaisirs, et aussitôt elle oublie son premier mari qu'elle aimait tant. Oublié aussi l'amour de ses enfants, oubliés les visages souriants, les bras autour du cou, les baisers, les sourires tendres qu'elle avait l'habitude de réserver à son mari. Qui la verrait se comporter avec son nouveau mari pourrait dire qu'elle l'aime plus qu'elle n'a jamais aimé l'autre qui est maintenant ou prisonnier ou dans une autre situation difficile, et cela pour avoir été un homme vaillant. Ses enfants que cet homme courageux aimait tant sont mis à l'écart, et elle dilapide à tort et à travers leur argent. La femme et son second mari s'adonnent ensemble aux jeux et aux amusements, bref ils se donnent du bon temps.

Puis un jour, Fortune veut que s'en revienne son pre-

Et le poignoit com vne anesse
La iointure trop se haufa
Lors quant le masle cheuauch̄a
Le gouuerneur fut gouuerne
Et comme cheual pourmene
Elle est aiouc et il souffroit
A hannir soubz elle souffloit
La fust lordre prepostere
Le dessoubz dessus au contraire

mier mari, homme noble et courageux mais vieilli et
changé, parce qu'il n'a pas été à la fête, pendant les deux,
trois, quatre années où il est resté prisonnier. Parvenu à
proximité de son pays, il s'enquiert de sa femme et de ses
enfants, tant il craint ou qu'ils soient morts ou qu'ils soient
dans le besoin. Pensez que le brave homme y a souvent
songé dans la prison où il était détenu et qu'il se faisait bien
du souci pour eux, tandis que sa femme se donnait du bon
temps. Peut-être, au moment même où il pensait aux siens
et priait Dieu de les préserver de tout mal, était-elle dans
les bras de son second mari sans redouter le moindre danger ! Il entend alors dire qu'elle est remariée. Pensez donc
quel coup de massue il reçoit en apprenant de telles nouvelles ! A mon avis, ni la douleur du roi Priam de Troie, la
grande, à l'annonce de la mort d'Hector le preux, ni la
douleur de Jacob à la mort de son fils Joseph ne furent
semblables à la sienne. Le voici qui arrive au pays ; il a la
confirmation de son infortune. S'il est un homme d'honneur, jamais il ne reprendra sa femme. Quant au second
mari qui a passé avec elle de bons moments, il l'abandon-
nera, et elle, la voici déshonorée ; peut-être même tom-
bera-t-elle dans la débauche. Le brave homme en éprouvera une douleur éternelle qu'il n'oubliera jamais. La faute
de la mère déshonorera en quelque façon les enfants. Et ni
l'un ni l'autre ne pourront se remarier du vivant du
conjoint.

Dans d'autres cas, il arrive que, provoqué par sa femme,
le mari à l'âme noble et élevée participe à un tournoi et
que, selon le vouloir de Fortune, il soit vaincu et tué hon-
teusement, ce qui est très pénible. On voit souvent vaincu
celui qui a raison et victorieux celui qui a tort.

Quelquefois, l'orgueil et la vanité prétentieuse de la
femme poussent le mari à se prendre de querelle avec un
autre aussi puissant et même plus puissant que lui, parce
que leur femme veut avoir tel banc [1] à l'église et passer la
première au moment de baiser la paix [2] ; ils s'attaquent et
se contre-attaquent, car chacune veut avoir le pas sur
l'autre, ce qui engendre entre eux des querelles perpétuel-

les. Ils regroupent leurs amis. Ils cherchent à assurer un grand train de vie à leurs femmes, afin d'avoir l'impression de se surpasser l'un l'autre, ce qui les conduit à dilapider follement leur argent ; d'où il advient parfois qu'ils en arrivent à vendre leurs biens ou leurs terres, et ils se retrouvent ruinés.

Et voilà le résultat : ceux à qui ces faits sont arrivés ont bien trouvé leur pâture dans la nasse du mariage ! Ils s'imaginaient y trouver le bonheur, mais ce fut tout le contraire, quoi qu'ils en pensent. Ainsi usent-ils leur vie dans la douleur où ils demeureront toujours et finiront-ils leurs jours dans la misère.

1. Les femmes, selon leur rang social, pouvaient réserver tel banc à l'église.
2. Baiser la paix, c'est embrasser la représentation du Christ en croix que le prêtre tend aux fidèles qui défilent devant lui au moment de l'offrande.

La Quatorzième Joie

La quatorzième joie de mariage arrive lorsque le jeune homme s'est évertué à trouver l'ouverture de la nasse, qu'il y est entré, qu'il y a découvert une belle jeune femme douce et gracieuse, loyale, plaisante et patiente, et qu'ils ont connu de grands plaisirs et de grandes jouissances pendant deux ou trois ans, chacun n'ayant rien fait qui eût pu déplaire à l'autre ; au contraire, ils se sont donné tous les plaisirs qu'on peut dire ou imaginer, sans jamais se disputer, s'embrassant comme deux tourtereaux. Ils sont deux, mais ils ne font qu'un. Nature a tant fait avec la douceur de sa puissance que, l'un aurait-il mal, l'autre le ressentirait. Voilà ce qui leur arrive lorsqu'ils sont dans la fleur de l'âge.

Mais un jour, la dame passe de vie à trépas, et cet homme jeune éprouve un tel chagrin que personne ne pourrait l'imaginer. La roue de la Fortune a maintenant tourné, parce que la logique ne veut pas que des prisonniers vivent heureux, sinon ce ne serait plus une prison. Le jeune veuf sombre dans un profond désespoir. Tantôt il adresse des reproches à Dieu, tantôt à la mort, tantôt il reproche à Fortune de lui avoir porté trop dure attaque en le privant de celle qui était toute sa joie. Et sa douleur, me semble-t-il, est sans commune mesure avec celles qu'on a déjà dépeintes. Ainsi vit-il pendant un certain temps, ne pensant qu'aux tourments et aux tribulations qui l'agitent ;

il reste tout seul, fuit toute compagnie, ne cessant de penser à la grande perte qu'il a subie, et il a toujours présent à l'esprit le visage de la femme qu'il a tant aimée. Mais il n'est rien qui ne passe. Et il y a des gens en ville ou dans le pays pour dire que c'est un homme bon, honnête, qui ne manque de rien ; aussi s'emploient-ils à le marier, mais ils lui font épouser une seconde femme en tout point différente de la première : parfois, elle a déjà été mariée ; loin d'être une de ces belles jeunes femmes, elle est plutôt entre deux âges ; c'est une femme qui s'y connaît en beaucoup de domaines, car avec son premier mari elle a appris comment elle doit se comporter avec le second. Elle remarque et observe, en femme sage, les traits de son caractère ; elle reste ainsi un grand moment sans montrer sa méchanceté, mais lorsqu'elle est assurée que son mari est loyal, doux et patient, lorsqu'elle le connaît lui et surtout son caractère, elle découvre à plein le venin qui est dans sa boîte. Elle s'accorde le droit de vouloir commander et elle lui fait endurer plus d'une peine et plus d'un tourment, car il n'est pas de serf plus asservi qu'un homme jeune, sans détour, de bonne composition, lorsqu'il s'est mis sous la coupe et entre les mains d'une femme veuve, surtout si elle est méchante et capricieuse. Celui qui tombe en cette extrémité n'a plus rien à faire, si ce n'est prier Dieu qu'il lui donne d'avoir assez de résignation pour endurer et supporter tout, tel un vieil ours muselé, édenté, tenu par une grosse chaîne de fer, qu'on monte (misère !) comme un cheval ; on le fait avancer à coups de gros gourdin, et il n'a pour tout recours que crier, mais s'il crie, il reçoit deux ou trois coups de plus. C'est à cet ours qu'on peut comparer l'homme, bon et sans détour, qui a épousé une veuve méchante et capricieuse.

Et il arrive souvent, parce qu'il est très jeune à côté d'elle, qu'elle devienne jalouse ; en effet, elle est si friande et si goulue de la jeune chair de son jeune mari qu'elle en devient jalouse et d'une avidité gloutonne : elle voudrait le tenir toujours entre ses bras et être toujours auprès de lui. Elle ressemble au poisson qui vit dans son eau ; si, à la suite

d'une longue période de grande sécheresse estivale, le
niveau baisse et que l'eau devienne trouble, le poisson qui
y vit n'aspire plus qu'à trouver l'eau vive et nouvelle ; il la
cherche et il remonte le courant, jusqu'au moment où il
découvre la source. C'est comme ce poisson qu'agit la
femme d'un certain âge, lorsqu'elle rencontre un mari
jeune et à la chair fraîche, source de nouvelle jouvence
pour elle. Mais sachez que rien ne cause plus de désagré-
ments à un homme jeune ni ne nuit davantage à sa santé. Il
ressemble à un homme assoiffé qui boit du vin sentant le
vieux fût et s'en contente plutôt bien, mais qui, après
l'avoir bu, en garde dans la bouche le très mauvais goût et
il ne boira plus avant d'avoir pu s'en procurer d'autre. Tel
est bien l'homme jeune, époux d'une vieille femme, car en
vérité il ne l'aimera jamais. (Une femme jeune aimera
encore moins un vieil époux.)

Il existe des hommes qui, pour l'argent, épousent de
vieilles femmes, mais elles sont bien bêtes de se marier : si
beaux serviteurs qu'ils se présentent, ils ne tiendront
jamais leur parole. Mais, à mon avis, il est encore plus bête
l'homme âgé qui fait le joli cœur et qui épouse une jeune
femme. Devant de telles unions, je souris en imaginant
comment elles finiront ; car, sachez-le, lorsqu'un homme
vieux épouse une jeune femme, ce sera très grand miracle
si c'est à lui qu'elle s'en remet pour tout ce dont elle a
besoin. Et puis, vous imaginez comment elle, jeune, ten-
drette, à l'haleine fraîche, pourra supporter un vieux mari
qui toussera, crachera et se plaindra toute la nuit ; il éter-
nue et il pète : il est bien étonnant qu'elle ne se tue ! Et il a
mauvaise haleine parce que son foie fonctionne mal ou à
cause de quelque infirmité que connaissent les vieillards ;
en plus, ce que fera l'un nuira au plaisir de l'autre. Voyez
donc si on agit bien en assemblant deux choses si dissem-
blables. C'est comme si l'on mettait dans un même sac un
chat et un chien : là ils ne cesseront jamais de se faire la
guerre.

Et il arrive souvent que de telles vieilles personnes
deviennent d'une jalousie extraordinaire et d'une avidité

gloutonne, plus que quiconque ; aussi la situation ne cessera-t-elle de se dégrader. (D'ailleurs, même si le mari était jeune, ce serait encore bien pis.) Lorsque les jeunes coqs voient une belle jeune femme mariée à un tel homme ou à un vieux radoteur, lorsqu'ils la voient séduisante et enjouée, ils se tiennent aux aguets, car, pensent-ils, elle devrait être mieux disposée à les entendre qu'une autre qui aurait un mari jeune et gaillard.

D'autre part, dans les cas où une vieille femme épouse un homme jeune, cet homme jeune, parce qu'il ne se marie que pour l'argent, n'aimera jamais sa femme ; on en voit même certains battre leur femme et faire un mauvais usage de sa fortune, allant quelquefois jusqu'à la ruiner. En tout cas, sachez-le, prolongement de vie pour une femme vieille vaut abrègement de vie pour un homme jeune. C'est pourquoi Hippocrate a dit : « *Non vetulam novi, cur moriar ?* (Je n'ai pas connu de vieille femme, pourquoi alors mourrai-je ?)» Oui, bien souvent, de telles vieilles, mariées à des hommes jeunes, sont d'une jalousie et d'une avidité gloutonne telles qu'elles en deviennent tout enragées : leur mari se rend-il à l'église ou ailleurs, il n'y va, à leur avis, que pour mal faire. Or Dieu sait quels tracas et quels tourments il connaît et quelles piques il reçoit ! (Jamais une femme jeune ne serait aussi jalouse pour les raisons que j'ai indiquées précédemment ; d'ailleurs elle s'en fera guérir quand elle le voudra !) Quant au jeune mari dont je parlais, il est si étroitement tenu en laisse qu'il n'ose adresser la parole à une femme. Serviteur obligé d'une femme vieille, il vieillira donc plus en un an avec elle qu'il ne l'eût fait en dix ans avec une jeune femme. La vieille le desséchera totalement ; qui plus est, il vivra perpétuellement dans les disputes, les souffrances et les tourments, et ce jusqu'à sa mort, et il finira ses jours dans la misère.

La Quinzième Joie

La quinzième joie, que je considère comme la souffrance la plus grande et la plus terrible qui soit, hormis la mort, arrive lorsqu'un homme, pour son malheur, a tant tourné autour de la nasse qu'il en a trouvé l'entrée et qu'il est tombé sur une femme qui est dévergondée, portée sur la bagatelle et qui ne pense qu'à la gaudriole. Elle mène une telle vie, en toutes occasions, que son mari finit par se douter de quelque chose et par s'apercevoir de sa conduite. Alors viennent les disputes et les tourments habituels en pareil cas. Mais sachez bien que le mari aura beau lui adresser des reproches, elle ne cessera de s'adonner à ses plaisirs — dût-elle risquer la mort. Bien plus, la coquette ne pensera qu'à satisfaire ses désirs, puisqu'elle a commencé de vivre ainsi.

Or, il arrive que le mari, soit par hasard, soit parce qu'il s'est mis aux aguets, voit entrer chez lui l'amant qui aide sa femme à s'occuper de ses affaires en son absence ; cela le rend fou de rage et en proie à une anxiété qui lui serre le cœur. Il revient donc en hâte chez lui, comme un fou furieux et entre dans la chambre : là il les trouve l'un avec l'autre ou peu s'en faut. Il est sur le point de tuer le pauvre amant qui avait encouru des risques pour son malheur et qui, pris sur le fait, est si étonné qu'il est incapable de parler ou de se défendre. Mais au moment où son époux veut le frapper, la femme, par pitié pour le pauvre homme et pour remplir son devoir — une femme doit toujours éviter à son mari de commettre un meurtre — vient l'embrasser et lui dit :

« Ah, ah, mon Dieu, gardez-vous, vous qui êtes mon seigneur, d'accomplir un mauvais coup ! »

Et sur ce, l'amant profite de ce moment de répit pour s'enfuir à toutes jambes ; le mari s'élance à sa poursuite sans prendre le temps de tuer sa femme. De la sorte le pauvre amant lui a échappé : c'est qu'il court très vite, et ce n'est pas étonnant, car il n'est pas d'homme plus prompt à fuir, quelque besoin qui le presse, qu'un coquin échappé des mains de ceux qui ont voulu l'attaquer.

Alors le mari, qui ne sait plus ce qu'il est devenu, revient en hâte dans la chambre, avec l'espoir d'y trouver sa femme pour la maltraiter ou la tuer, ce qu'il aurait bien tort de faire, car rien ne prouve qu'ils aient fait quelque chose de mal, étant donné qu'il est arrivé juste à temps pour s'interposer ! Maintenant, voulez-vous savoir ce qu'est devenue la pauvre femme désorientée ? Elle s'en est allée chez sa mère, chez sa sœur ou chez sa cousine, mais il vaut mieux qu'elle soit chez sa mère plutôt qu'ailleurs. La malheureuse raconte à sa mère tout ce qui lui est arrivé. Ou bien elle lui dit que le prétendu séducteur était entré par hasard chez elle, que jamais encore il n'y était venu et que son mari l'avait trouvé par hasard en train de converser avec elle sans faire d'autre mal. Et si sa mère lui demande :

« Que diable te voulait-il ?

— Par Dieu, c'est vrai, il m'avait fait déjà deux ou trois fois des avances, mais je l'avais bien repoussé ; il ne faisait alors que d'entrer, il abordait encore ce sujet, mais je lui disais de s'en aller. »

Alors, elle jure ses grands dieux qu'elle préférerait le voir pendu.

Ou bien, parfois, elle lui avoue toute la vérité, et sa mère, qui connaît très bien la chanson, lui dit :

« Oui, je me doute qu'il y a quelque chose d'autre ; je ne te croirais pas si tu prétendais qu'il a osé entrer dans ta chambre sans avoir de privautés avec toi. Aie le courage de me dire la vérité pour que je songe à trouver une solution. »

Sa fille baisse les yeux et rougit.

« Ah ! ah ! continue la mère, je vois bien ce que c'est ! Dis-moi ce qui s'est passé.

— Ma foi, pendant deux ans, malgré les assiduités de ce mauvais drôle, j'avais toujours bien résisté ; mais un jour, alors que mon mari s'était absenté, il entra je ne sais comment chez nous (j'avais en effet bien fermé la porte), et il abusa de moi ; je le jure sur mon âme, je me suis défendue plus de la moitié de la nuit avant qu'il ait pu me rendre à bout de souffle, mais vous savez bien qu'une pauvre femme seule ne peut rien.

— Par tous les diables, dit la mère, je le savais bien ! Eh bien, aie maintenant une conduite irréprochable, et que ce vaurien ne vienne pas mettre les pieds ici.

— Ah ! ma mère, il faudrait lui faire savoir de ne point venir, car je suis sûre qu'en ce moment il est très inquiet : il doit s'imaginer que mon mari m'a tuée, et il est assez fou pour venir vérifier si je suis morte ou vivante.

— Ce qui m'étonne le plus, dit la mère, c'est que ton mari ne vous ait pas tués, lui et toi.

— Ave Maria, ma mère, je le jure, si je n'avais pas pris dans mes bras mon mari, c'en était fait du pauvre homme !

— Tu as eu raison de l'en empêcher, car dès lors que quelqu'un a risqué sa vie pour se mettre au service d'une femme, dès lors que son sort à elle lui fait passer de mauvaises nuits, elle devrait plutôt mourir que de le laisser brutaliser.

— Hélas ! ma mère, si vous saviez quel homme il est ! En effet, je vous le jure, alors qu'il pleuvait, qu'il grêlait ou qu'il faisait noir comme dans un four, j'ai vu le pauvre faire tout le chemin à pied pour ne pas être aperçu ; puis il passait plus de la moitié de la nuit à m'attendre dans le jardin, parce que je n'arrivais pas à trouver un moyen pour

le rejoindre, et, lorsque j'arrivais, je le trouvais complètement gelé, mais il n'en faisait pas de cas.

— Je trouvais aussi bien étrange, dit la mère, sa manière
de me témoigner tant d'égards : dès que j'arrive à l'église, il
vient me donner de l'eau bénite, et, partout où il me rencontre, il est aux petits soins pour moi.

— Ma foi, ma mère, il vous aime bien.

— Eh bien ! maintenant il va falloir arranger tout, si
c'est possible ! Viens ici, dit la mère à sa femme de chambre, va dire à mes amies une telle et une telle que je les
invite à venir un peu se distraire avec moi, car j'ai une
petite affaire à voir avec elles. »

La femme de chambre s'en va et fait part aux amies de
l'invitation de la mère. Les amies s'en viennent dans la
demeure de la mère ; elles s'asseyent autour d'un bon feu,
si c'est en hiver, et, si c'est en été, elles se mettent sur le
feuillage qui jonche le sol, puis la première chose qu'elles
font, c'est de commencer à boire du vin, beaucoup de vin
et du meilleur, en attendant que l'autre se bonifie. C'est
alors qu'une des amies dit à la mère de la jeune femme :

« Ma chère amie, quelle tête fait votre fille ?

— Mon Dieu, mon amie, il lui est arrivé une vilaine
histoire. C'est pourquoi je vous ai demandé de venir. »

Alors, elle leur raconte toute l'affaire — parfois elle ne
dit pas exactement ce qui s'est passé, mais parfois il arrive
aussi qu'elle dise toute la vérité ; c'est que plusieurs d'entre
elles se sont trouvées déjà embarrassées de la sorte ; elles
sauront donc bien donner le meilleur conseil ; quant aux
autres, elles savent ce que signifie une telle situation, mais
elles ont si bien mené leur affaire, et avec tant de discrétion, qu'il n'y a pas eu d'esclandre, Dieu merci. Elles tiennent donc conseil, chacune donne son avis, explique ce qui
lui est arrivé dans de semblables cas, et on raisonne correctement, lorsque l'on s'appuie sur des situations passées
et des expériences vécues. Les unes défendent une posi-
tion, les autres la critiquent, elles pèsent le pour et le
contre, pour savoir si elles pourront ainsi sortir de ce mauvais pas ; puis elles en tirent des conclusions. Elles y met-

tront bon ordre, s'il plaît à Dieu, elles se réuniront souvent et s'estimeront satisfaites, tandis que le brave homme, qui lui fut bafoué, devra payer pour tout.

Lorsqu'elles sont tombées d'accord sur la façon de procéder, elles commencent à se distraire et plaisantent ensemble. L'une s'adresse à la jeune femme :

« Je ne voudrais pas être à la place de ton mari et connaître une aussi mauvaise nuit que celle qu'il va passer.

— Je voudrais bien, dit une autre, savoir ce qu'il fait maintenant et voir sa tête.

— Par Dieu, ajoute une autre, lorsque j'ai eu une aventure avec un tel — vous en aviez entendu parler et vous savez ce que mon mari me reprochait (je m'en suis toujours bien défendue, Dieu merci) —, il est resté plus de trois mois sans pouvoir manger ni dormir et, une fois couché, il ne cessait de se tourner, il se tortillait et il poussait toujours des soupirs, tandis que moi, je vous le jure sur mon âme, je riais toute seule dans mon lit, et je fourrais le drap dans ma bouche pour ne pas être entendue.

— Hélas ! dit une autre, comme le pauvre homme qui s'est enfui doit être malheureux maintenant !

— Ah, chère amie, dit la mère, le malheureux n'a pu s'empêcher aujourd'hui de venir à deux reprises devant la maison, mais je lui ai fait demander de ne plus se présenter.

— Je le jure, continue la femme de chambre, je l'ai rencontré tout à l'heure devant la fontaine ; il m'a donné un grand pâté à vous remettre ; il m'a dit qu'il vous enverrait demain matin une tarte, et il compte tant sur votre bienveillance, la vôtre et celle de toute la compagnie, que c'en est incroyable.

— Hélas ! ajoute l'une d'elles, je le jure, c'est grand-pitié de lui.

— En vérité, déclare une autre, par amour pour lui, nous mangerons de ce pâté avant de nous en aller.

— Par sainte Marie, continue l'autre, comme je voudrais qu'il fût ici !

— Ah ! Dieu, dit la femme de chambre, qu'il serait content ! Il est si transi et si pâle qu'on dirait un mort.

— Au nom de votre loyauté, chère amie, envoyons-le chercher.

— J'y consens, conclut la mère, pourvu qu'il passe par la porte de derrière. »

Alors, dans certains cas, il vient, tandis qu'elles plaisantent et s'amusent, et, pleines de pitié pour lui, elles lui font une place.

Ensuite, elles envoient chercher la femme de chambre du brave mari, laquelle sait tout ; elle était au courant de toute l'affaire depuis longtemps : peut-être y avait-elle gagné une belle toilette. La femme de chambre arrive, et une des amies lui demande :

« Dis-le sous la foi du serment, Jeanne, quelle tête fait ton maître ?

— Quelle tête ? Il ne faut pas le demander, car je le jure sur mon âme, depuis hier matin qu'est arrivée cette méchante histoire, pas une seule fois il n'a bu, mangé ou pris du repos. Par ma foi, il s'est mis ce matin à table, mais il n'a jamais pu absorber de nourriture, car, mettait-il un morceau dans la bouche, il ne pouvait l'avaler, le rejetait et puis regardait la table perdu dans ses pensées et fou de chagrin ; il est méconnaissable et pâle comme un mort. Tantôt il prend son couteau à découper et en frappe le dessus de la table, tantôt il va dans le jardin puis revient : il ne peut tenir en place ni se donner une contenance ; toute la journée et toute la nuit, il éclate en sanglots ; tout le monde en aurait pitié !

— Pitié, dit l'autre, il guérira bien s'il plaît à Dieu. Mon Dieu, mon amie, vous en avez vu d'autres, aussi malades, qui sont bien guéris, Dieu merci. Mais, en vérité, dit-elle en se tournant vers la femme de chambre, c'est beaucoup de ta faute : tu savais ce qui se passait, et ta maîtresse se fiait à toi, alors que tu n'étais pas aussi attentive qu'il aurait fallu.

— Ah ! ah ! je le jure sur la Sainte Hostie, je ne me serais pas imaginé que le maître reviendrait à cette heure ! Car jamais je ne lui ai vu faire le tour qu'il a fait. Que Dieu le maudisse !

— Amen », répondent-elles.

Ainsi en est-il. De nouveau elles se gaussent et se moquent du brave homme.

Alors elles se demandent laquelle ira parler en premier au brave homme, qui est chez lui comme un condamné à être pendu. Ce sont d'abord une ou deux de ses meilleures amies et voisines qui viennent le voir joyeusement. Dès l'entrée dans la maison, l'une lui demande :

« Comment allez-vous, mon ami ? »

Mais il ne dit mot et les laisse venir jusqu'à lui. Elles s'assoient le plus près possible de lui, et l'une d'elles lui dit :

« Quelle tête vous avez ?

— Celle que vous voyez, pas une autre.

— Qu'est-ce à dire ? En vérité, je veux vous blâmer, car mon amie, la mère de votre femme, m'a rapporté je ne sais quels propos de fou, et je le jure, vous n'êtes pas sage de croire de telles niaiseries, car, par l'âme qui bat en mon corps, je suis certaine, comme je le suis de mourir, et je le jurerai sur Dieu très Saint, je suis certaine que votre femme n'a commis aucune faute envers vous ni n'en a même eu l'intention.

— Par Notre-Dame du Puy, ajoute l'autre, où je suis allée en pénitence offrir mon corps (!) comme il a plu à Dieu, je connais votre femme depuis qu'elle est enfant et j'assure que c'est la meilleure femme de tout le pays. Quel grand malheur qu'on vous l'ait jadis donnée pour épouse ! Oui, vous l'avez diffamée, et sans raison ; vous ne pourrez plus jamais réparer cet affront.

— Je le jure, dit la femme de chambre, chères dames et chères amies, je ne sais ce que mon maître a pensé ou trouvé, mais jamais de ma vie je n'ai vu Madame dire ou faire des folies. Je l'ai servie bien loyalement, et ce serait vraiment bien surprenant que je n'eusse pas deviné le manège.

— Quoi ? diable, rétorque le brave mari, mais je l'ai vue avec lui devant moi !

— Ma foi, ajoute l'une des amies, vous n'avez rien vu, quoi que vous en disiez, car des gens peuvent être l'un près de l'autre, sans pour autant qu'il faille penser à mal.

— Je sais bien, dit la femme de chambre, que le vaurien s'est bien employé à la chose, mais il n'y a pas d'homme au monde à qui Madame souhaite plus de mal qu'à lui ; je ne sais comment il est entré dans la maison, car, je le jure par ma place au paradis, il n'y était jamais venu auparavant ; et Madame préférerait le voir pendu au gibet et elle-même brûlée ! Cela fait déjà quatre ans que moi, qui ne suis qu'une pauvre femme, je vous sers loyalement, et je jurerais bien sur les saintes reliques qui sont dans cette ville que Madame s'est comportée et conduite envers vous aussi bien que n'importe quelle femme pleine de sagesse qui pourrait exister. Ah, malheureuse que je suis ! Comment se pourrait-il que je n'eusse rien su, si quelque chose de mal s'était passé. Par mon âme, j'étais la mieux placée pour voir de plus près ! Plût à Dieu que je fusse quitte de tous mes péchés comme Madame l'est de celui-là dont on l'accuse, aussi vrai que nul n'a touché ma bouche, si ce n'est celui qui me prit pour épouse, Dieu ait son âme s'il le veut ! Dans cette affaire, je ne crains homme qui vive. »

Sur ce arrivent les autres amies, l'une après l'autre, et il n'y en a pas une qui ne donne de très bons arguments.

« Je le jure sur Dieu, explique l'une, je crois, mon ami, être la femme au monde qui vous aime le plus, après votre femme, et je vous le jure sur ma foi, si j'avais vu en elle quelque chose de répréhensible, je vous le dirais.

— Par ma foi, ajoute une autre, c'est le diable qui est intervenu pour vous désunir, parce que c'est la meilleure manière de nuire aux humains.

— Hélas ! dit une autre, la pauvre femme ne cesse de pleurer.

— Par Dieu, déclare une autre, elle est en train de mourir.

— Et, conclut une autre, est-ce que vous nous imaginez

assez sottes pour l'accepter en notre compagnie si elle était telle que vous prétendez ? Non, ma foi, certainement pas ; nous ne serions pas assez bêtes pour daigner lui parler et pour lui permettre de demeurer dans notre rue ou dans nos parages. »

La mère arrive en pleurant, se jette sur le mari, fait mine de vouloir le griffer et dit :

« Ah, maudite soit l'heure où elle vous fut donnée ! Oui, vous avez ruiné son honneur et le mien. Hélas ! on vous faisait un grand honneur en vous la donnant, car si elle avait voulu, elle aurait pu être mariée à un très grand chevalier chez qui, maintenant, elle serait l'objet de très grandes attentions, mais elle ne voulait personne d'autre que vous. Ce n'est que justice ce qui lui arrive à cette malheureuse. Il ne pouvait lui advenir que du malheur !

— Ah ! mon amie, dit l'une des autres amies, ne vous mettez pas en colère.

— Oh ! mes chères amies, répond-elle, si ma fille avait commis une faute, cela me serait égal qu'elle fût ainsi traitée ; d'ailleurs, je l'aurais étranglée de mes propres mains. Mais vous imaginez-vous que je puisse être contente de voir ma fille traitée sans raison de façon si honteuse et de savoir qu'elle subit des torts si dommageables que jamais le mal ne pourrait en être réparé ? »

Alors toutes se mettent à faire au mari reproches et critiques. Le pauvre homme se met à réfléchir, il ne sait plus que faire. Mais en réalité il commence à se guérir et à s'apaiser. La mère s'en va, les amies essaient doucement de le calmer, et elles lui expliquent qu'il n'est pas extraordinaire de voir la mère se mettre en colère ; elles prennent sur elles de ramener la fille chez elle, auprès de son mari, puis elles prennent congé.

Ensuite s'en vient un cordelier qui est le confesseur du mari ainsi que de sa femme. Il est au courant de tout le brouillamini familial et il reçoit chaque année une pension pour donner l'absolution totale. Il s'en vient trouver le brave homme de mari et lui dit :

« J'ai été bien étonné de ce que l'on m'a dit. En vérité, je vous veux blâmer, car, je vous le jure par Monseigneur saint Dominique ou par Monseigneur saint Augustin, je connais votre femme depuis plus de dix ans ; eh bien, je le jure sur mon âme, elle est une des meilleures et des plus sages femmes qui soient dans tout le pays et j'en suis certain, puisque je suis son confesseur : je l'ai bien sondée et je n'ai trouvé en elle que tout le bien qui peut exister en une femme : aucun péché n'a jamais souillé son corps, j'en mets mon âme en gage. »

Ainsi notre brave homme est-il vaincu ; il regrette beaucoup d'en avoir tant fait et il croit vraiment qu'il n'y a jamais rien eu. Maintenant, vous devez connaître le profit qu'il va retirer d'avoir créé un pareil scandale. Dorénavant, il sera encore plus esclave qu'il ne l'a jamais été et, dans certains cas, il se retrouvera ruiné, car sa femme qu'il a diffamée n'aura plus aucune retenue, parce qu'elle sait très bien en effet que chacun est au courant et elle ne tiendra plus compte du qu'en-dira-t-on. Dans certains cas, la mère, les amies, les cousines et les voisines (même si certaines ignoraient tout de l'histoire) seront dorénavant du côté de la femme et l'aideront à mener à bien ses affaires exactement comme elles l'ont aidé à mettre une muselière à son mari, parce qu'il était trop fort en gueule.

Quant au séducteur, il se mettra en quatre pour la servir, il fera faire pâté et tartes qu'ils mangeront ensemble, mais le brave mari fera les frais de l'affaire. Il n'entendra plus parler de rien grâce aux bons offices que les amies mettront en œuvre ; en effet, jamais il s'imaginerait que les amies pussent donner leur accord à de telles pratiques et il n'aura dorénavant aucun soupçon. Tout son bien périclitera à soutenir les suites de ce brouillamini, car la femme de chambre, qui est au courant de toute l'affaire et qui a bien œuvré pour rétablir la paix, se donnera des airs d'une aussi grande dame que sa maîtresse ; quand elle se fera rendre visite, sa maîtresse lui accordera son aide : ne doit-on pas en effet rendre service à qui vous a aidé ?

Maintenant, le mari est bien entortillé dans sa nasse. Et qu'il fasse ce qu'il voudra, jamais sa femme ne l'aimera,

Pour celebrer en sa chappelle
Mais ce nest pas messe nouuelle
Car tousiours eust fait le seruise
Des quil fust prestre de lesglise
Haultement en lieu daultre messe
Deuant nature la deesse
Le prestre qui bien sentendoit
En audiance recordoit
Les figures representables
De toutes choses corromptables
Si comme nature les liure

Comment nature la deesse
A son bon prestre se confesse
Qui moult doulcement luy enhorte
Que de plus pleurer se deporte

Genius dist elle beau prestre
Qui des lieux estes duc et maistre
Et selon leurs proprietez
Trestous en oeuure les mettez
Et bien acheuez la besongne
Si comme chascun lieu besongne
Dune folie que iay faite
Dont ie ne me suis pas retraite
Mais repentee moult me presse
A vous men vueil faire confesse

Genius
Madame du monde royne
Qui toute riens mondaines encline
Sil est riens qui vous griefue en tãt
Que vous en alez repentant
Ou quil vous plaise a le me dire
De quelsconque soit la matiere
Soit de iouir ou de vouloir
Bien men pouez vostre vouloir
Confesser tout a bon loisir
Et ie tout a vostre plaisir
Dit genius mectre y vourray
Tout le conseil que ie pourray
Et celeray bien vostre affaire
Se cest chose qui face a taire
Et ce mestier auez dassouldre
Ce ne vous dis ie mie touldre
Mais vueilles cesser vostre pleur
Nature
Certes dist elle se ie pleur
Beau genius nest pas merueille
Genius
Dame toutesfors vous conseille
Que v? vueillez ce pleur laisser
Se bien vous voulez confesser
Et bien entendre a la matire
Que vous auez emprins me dire
Car ie croy q grant soit loustrage
Pource que le noble courage
Ne se meut pas de peu de chose
Cil est fol qui troubler vous ose
Mais sans faillir stay est q feme
Legierement dire senflamme
Virgile mesmes le tesmoigne
Qui moult congnut de leur besongne
Que ia femme nest tant estable
Quel ne soit diuerse et muable
Et est trop hyreuse beste
Salomon dit quonc ne fut teste
Sur teste de serpent crueuse
Nest riens de feumme plus yreuse

quelque visage qu'elle lui présente. Il ira vers la vieillesse et tombera en pauvreté, suivant la droite règle du jeu. Ainsi use-t-il sa vie en peines, douleurs et gémissements dans cette nasse où il est, où il restera toujours, et il finira ses jours dans la misère.

Épilogue

*tongue in cheek
apology to women.*

Ici se terminent les quinze joies de mariage que j'appelle
« joies » parce que les gens mariés ne peuvent avoir
connaissance des commentaires que j'ai faits de leurs malheurs qu'ils jugent de grandes félicités, comme il ressort du
fait que pour rien au monde ils ne souhaiteraient connaître
un autre état ; mais, pour ma part, je rattache ces choses
aux plus grands désastres qui peuvent exister en ce monde.
Et si les femmes se plaignent que je n'ai pas mis et consigné
dans mon livre qu'elles ont tout comme les hommes leur
lourde part des déboires conjugaux, elles me le pardonne-
ront, s'il leur plaît, car, loin de leur porter préjudice, tout
ici est à leur gloire et à leur honneur. D'ailleurs, en règle
générale, les événements décrits ci-dessus retombent sur
les hommes, comme je l'ai expliqué plus haut. Je ne dis pas
ni ne voudrais affirmer que toutes ces joies, ni deux ni trois
d'entre elles, arrivent à chaque homme marié ; mais
j'affirme comme un fait avéré qu'il n'est pas d'homme
marié, si sage, si perspicace et même si rusé soit-il, qui n'ait
à connaître une au moins, sinon plusieurs, de ces joies.
C'est pourquoi on peut assurément conclure que celui qui,
sans contrainte, se place de lui-même dans un tel esclavage, agit bien de son plein gré. Loin de moi la volonté de
dire qu'il n'est pas bon de se marier ; mais je ne tiens pas de
telles bêtises pour des joies ou des félicités. Ceux qui se
marient devraient au moins faire attention à ne pas se

laisser ainsi rabaisser au rang de bêtes. Certains qui voient ce qui arrive aux autres savent trop bien s'en moquer et en faire des gorges chaudes, mais, lorsqu'ils sont mariés, je les vois bien tenus en laisse et plus abêtis que les autres. Cependant, chacun devrait se garder de se moquer de son voisin, car je ne vois personne exempté des joies décrites plus haut ; mais chacun, en son for intérieur, pense le contraire ; il se croit préservé et s'imagine avoir plus de chance que tous les autres. Or celui qui en est le plus persuadé est le plus enchaîné. J'ignore pourquoi sinon que la nature du jeu le veut ainsi.

Et si l'on me demande quel remède pourrait y être apporté, je réponds que ce serait chose possible, mais difficile. Oui, il y a au moins un remède, mais je ne veux pas en dire plus dans ma réponse pour le moment. Cependant, si quelqu'un voulait me poser la question de vive voix, je lui ferai connaître mon avis, mais à présent je me tais, parce que certaine dame ou demoiselle ou femme d'autre condition pourrait m'en savoir mauvais gré. Et pourtant, comme je l'ai dit en toute bonne foi, tout est à la gloire des femmes. Quant à ce que j'ai écrit ici, celui qui le comprendra bien comme il faut, y trouvera seulement développée l'idée que les hommes ont toujours la plus mauvaise part, ce qui est un honneur pour les femmes. D'ailleurs, j'ai composé cet ouvrage à la demande de certaines demoiselles qui m'en ont prié, et si elles n'étaient pas contentes et désiraient que je prisse la peine d'écrire pour les défendre et pour écraser les hommes, ainsi qu'elles pourraient le désirer, j'offre, en toute bonne foi, mes propres services. Il n'existe pas à ce propos meilleur sujet, vu les grandes injustices, griefs et oppressions que les hommes font subir aux femmes, en maints points de la planète, lorsqu'ils leur font violence. Ils agissent d'ailleurs sans raison, parce que les femmes sont par nature faibles et sans défense, et qu'elles sont toujours prêtes à obéir et à servir, elles sans qui les hommes ne sauraient ni ne pourraient vivre.

De la belle ôtez la tête
Très vite devant le monde
Puis décapitez sa mère
aussitôt, après le second ;
Toutes trois iront à la messe,
Sans tête, bien chantée et bien dite :
Elles tiendront avec elles le monde
Immédiatement, ce qui achève le tout.

Ces huit lignes vous permettront de trouver le nom de celui qui a composé les quinze joies de mariage pour plaire aux gens mariés et pour les louer, joies dans lesquelles ils se trouvent fort bien ; que Dieu veuille continuer à les y garder ! Amen, Deo gratias.

Et ainsi finit ce présent ouvrage.

Postface

SUR UN TITRE

C'est moins à la culture religieuse d'un moine qu'au culte de la Vierge, largement développé au XIVᵉ siècle, que l'on doit le choix du titre. On composait alors, en vers ou en prose, de courtes prières ou oraisons, pour implorer la Vierge en évoquant les joies et les douleurs qu'elle avait connues durant son existence sur terre. On chanta de la sorte *Les Trois Joies, Les Cinq Joies de la Vierge* ; Rutebeuf, au XIIIᵉ siècle, composa *Les Neuf Joies Nostre-Dame* [1]. Au XIIIᵉ siècle encore [2] Étienne, moine cistercien, abbé de Sallai (Angleterre) chanta *Les Quinze Joies de la Vierge*. Toutefois, plus rares, semble-t-il, les prières en l'honneur des quinze joies de la Vierge [3], qui correspondent aux quinze moments exceptionnels de sa vie : l'Annonciation, le jour où elle sentit son enfant bouger, la Visitation, la Nativité, l'adoration des bergers, l'offrande des rois mages, la présentation de Jésus au Temple, le jour où elle le perdit puis le retrouva au milieu des Juifs à Jérusalem, les Noces de Cana, la multiplication des pains, le jour où son Fils mourut parce que sa mort apportait salut et donc joie aux hommes, le jour de Pâques, l'Ascension, la Pentecôte et sa propre Assomption. Toutefois, le lecteur perdrait son temps à chercher quelque lien entre telle « joie » de la Vierge et telle « joie » de mariage. Le titre du livre est en effet ironique ; c'est une antiphrase, parce que le mariage, loin d'apporter un bonheur éternel, est source perpétuelle de malheurs, surtout pour le mari, comme le laisse clairement entendre le prologue.

Peut-être aussi, puisque le mari est condamné à finir ses jours dans la misère et la pauvreté, l'auteur a-t-il retenu le chiffre quinze, en s'inspirant du thème, bien connu alors, des quinze signes du Jugement dernier.

On connaît enfin le goût des mentalités médiévales pour la symbolique des nombres. Aussi proposerai-je une interprétation du chiffre quinze (5 × 3) en m'inspirant de la signification du chiffre cinq (2 + 3) proposée récemment par J. Ribard [4]. « Cinq, rappelle-t-il, totalise en lui le deux et le trois, le corruptible et l'incorruptible, le charnel et le spirituel, le créé et l'incréé. Aussi est-il par excellence le nombre de l'homme, être fini, imparfait, englué dans la matière mais qu'habite une soif inextinguible de perfection et d'absolu. » Pourquoi ne pas voir dès lors dans quinze le nombre du couple englué dans la matière et l'esclavage mais habité d'une soif inextinguible de liberté ? *Les Quinze Joies* abordent, nous l'avons vu (p. 16), d'une manière originale le problème du mariage.

ORIGINES DU COURANT ANTIMATRIMONIAL

Ce courant remonte à l'Antiquité. Théophraste, le meilleur ami d'Aristote, avait une si mauvaise opinion des femmes qu'il déconseillait aux hommes de se faire leur « esclave », en se mariant. Et chez les Latins, Juvénal n'hésitait pas à répondre à un ami qui, sur le point de se marier, lui demandait son avis : « Quoi ? tu veux te marier, supporter quelqu'un qui te domine, alors que, si tu veux vraiment te perdre, il y a encore des cordes pour te pendre, des fenêtres ouvertes sur un précipice et un pont là tout près [5]. » Ainsi Juvénal invitait les hommes à fuir le mariage, parce qu'à ses yeux, les femmes étaient vraiment trop perverses. Et de regretter, dans sa *Satire* VI, le bon vieux temps où régnait l'âge d'or, où les femmes savaient rester chastes et pures. On voit comment son attitude anti-matrimoniale se mariait avec une satire des femmes ! En dépit de ces beaux avertissements, les hommes continuè-rent à se marier, mais ils avaient alors la possibilité de se séparer, de divorcer.

Au début de l'ère chrétienne, saint Paul, dans sa 1re épî-tre aux Corinthiens, traite de la virginité et du mariage. Le mariage est recommandé à ceux qui ne peuvent se conte-nir : « Mieux vaut se marier que brûler de concupiscence », mais ajoute-t-il, « ils connaîtront des épreuves en leur chair », vu les tracas de la vie conjugale. Aussi, pour leur « épargner » ces malheurs, Paul invite-t-il les célibataires à suivre son exemple.

A leur tour, les Pères de l'Église engageront les hommes à préférer la virginité et la chasteté à l'état de mariage. Qui plus est, ils recommanderont aux meilleurs la vie érémi-tique, la vie en solitaire, supérieure même à leurs yeux à la vie en communauté. L'ermite incarne, dès lors, le parfait chrétien. Partant du principe que le mariage détourne de la pensée de Dieu, saint Jérôme, par exemple, tient le mariage pour un mal nécessaire, pour un remède à la luxure et à l'appétit sexuel démesuré, bref, pour reprendre une formule de J. Batany [6], pour un « pis-aller pour la fai-blesse humaine ». Encore impose-t-il la modération aux époux : « Quiconque aime trop son épouse est adultère. » Reprenant les idées de Théophraste connues à travers saint Jérôme, Jean de Salisbury, le secrétaire de Thomas Becket, rappelle, dans son *Policraticus* (1159), que le mariage apporte plus de malheurs que de félicités. Quant à la très sage Héloïse, c'est pour ne pas entraver les recherches d'Abélard qu'enceinte elle refusera le mariage que lui pro-pose le philosophe. Le courant antimatrimonial puise donc à deux sources qui, parfois, se mêlent, l'antiféminisme et la recherche d'un idéal de sagesse réservé à une élite.

Amour et/ou mariage à l'époque féodale

On a dit qu'à l'époque féodale, le mariage dans la vie sociale n'est ni associé à l'amour ni laissé à la totale discrétion des intéressés. Le plus souvent le mariage est une affaire de famille, non d'individus. Toutefois, la onzième joie prouve qu'à l'époque des *Quinze Joies* un homme pouvait se marier sans le consentement de ses parents. Il est vrai que, surtout dans le milieu féodal et dans les familles nobles, le mariage obéit à des impératifs financiers ou politiques. Les parents décident de marier leurs enfants pour éviter la déshérence et pour maintenir intacte la puissance du lignage. Cependant l'amour pouvait venir après le mariage, s'il ne le déterminait pas [7]. Si, par malheur, la femme ne pouvait donner d'héritier à son mari, la finalité du mariage était remise en question, et, sous ce prétexte, on vit certains maris renvoyer leur femme — le plus souvent dans un couvent — et en prendre une nouvelle. Attitude qui, évidemment, ne respectait pas les préceptes de Paul. En fait, jusque vers 1100, la morale du lignage ne coïncide pas toujours avec la conception chrétienne du mariage. Et l'on sait bien maintenant, grâce à un livre récent de G. Duby [8], comment, entre l'an mille et le début du xiie siècle, les dirigeants de l'Église s'évertuèrent, non sans peine, à imposer les rites et les règles du mariage chrétien. Ils réussirent à remplacer la bénédiction des époux par le sacrement de mariage qui consiste pour le mari et pour la femme à prêter, devant Dieu et avec le prêtre pour témoin, le serment de rester unis toute leur vie. Ce caractère sacré interdit aux époux qui ne s'entendent plus de « divorcer ». Il leur reste un palliatif, la séparation à l'amiable, instaurée dès le concile d'Agde (506), mais ils ont alors l'obligation de ne pas se remarier, même s'ils découvrent à nouveau l'amour, même s'ils n'ont point d'héritier.

Il ne faudrait pas croire que cette structure de la conjugalité nuise plus à la femme qu'à l'homme. Tous les deux prêtent le même serment. Un livre de Régine Pernoud permet de bien connaître le statut de la femme à cette époque [9]. Au XIIe siècle, Vincent de Beauvais définit ainsi l'épouse par rapport à son mari : « *nec domina, nec ancilla, sed socia* (ni maîtresse, ni esclave, mais compagne associée)». Et Régine Pernoud signale des femmes qui se mêlent à la vie économique, qui administrent des domaines, qui exercent même des pouvoirs judiciaires : à côté des « prud'hommes » qui existent encore, se rencontraient dans certains métiers de luxe comme le tissage et la broderie sur soie des « prudes femmes ». Jusqu'à la fin du XVe siècle, la femme mariée jouit de ce que l'on appelle la « capacité juridique ». Néanmoins, dès le XIIIe siècle, la progression du droit romain et la connaissance des idées d'Aristote commentées par les penseurs de l'Islam Avicenne et Averroès amenèrent un changement dans les mentalités. L'épouse commença à perdre un peu de ses libertés et de son autonomie, et ce mouvement ne fit que s'amplifier au cours des siècles : à partir du XVIIe siècle, la femme doit porter le nom de son mari, et le code Napoléon consacrera cette évolution du pouvoir marital.

Puisque le mariage enfermait à vie les époux dans des liens contraignants, sans nécessairement leur assurer le bonheur, l'époque médiévale a imaginé une forme originale d'amour, l'amour courtois ou « fine amor ». Dans cet amour hors mariage, la dame, le plus souvent d'un rang social supérieur à celui de l'amant, impose à celui qu'elle a remarqué pour sa valeur un « service d'amour ». L'amant se met au service de sa dame comme le vassal au service de son suzerain, comme le mystique s'abandonne entre les mains de Dieu. Cette force d'amour pousse l'amant à se dépasser, à maîtriser sa sexualité ; en principe « amour de loin », fortifié par l'absence et les obstacles, cet amour sublimé n'est cependant pas nécessairement chaste et ne se confond pas avec l'amour platonique, qui est l'union de deux âmes dans la contemplation de la beauté pour une ascension en commun vers le véritable Bien. Enfin, puisque la dame est mariée, afin que la société ne l'accuse pas ouvertement d'adultère et ne la punisse en conséquence, la loi du secret s'impose aux « fins amants ».

Mais tous les amants ne méritent pas ce titre de « fins amants », comme le montrent bien *Les Quinze Joies de mariage*. Beaucoup font partie de ces « gallants », c'est-à-dire de ces célibataires séduisants qui, à l'abri de besoins d'argent (XI), ne se soucient que d'être tirés à quatre épingles et de séduire les belles (I), bref, de profiter de leur « jeunesse » (XIV). Ces « gallants », — mot que nous traduisons par « séducteurs », ou « soupirants », ou « jeunes coqs » — sont si peu de « fins amants » qu'ils ne reculent pas, dans certains cas, devant le viol, courant à l'époque il est vrai, à tel point que J. Rossiaud a parlé à propos de ces viols d'un « rite de la virilisation ».

La complexité de la situation explique les différentes visions qu'on peut avoir de la femme mariée : ou bien elle ne pense qu'à satisfaire ses caprices et les appels de ses sens, ou bien, « orgueilleuse d'amour », elle se refuse à l'amour et devient une « belle dame sans merci », sans pitié et toute en cruauté. Dans ces conditions, ou bien comme Christine de Pisan (1365-1431) on essaie de comprendre et de défendre la femme, ou bien, à la suite de Jean de Meung, l'auteur du *Roman de la Rose*, on adopte une attitude antiféministe. C'est dans le courant antimatrimonial, qui nourrira en partie la Querelle des Femmes au XVIᵉ siècle, que prennent place *Les Quinze Joies de mariage*.

A QUEL GENRE APPARTIENNENT « LES QUINZE JOIES » ?

Répondre à cette question revient à aborder un délicat problème. Barbara Bowen les rapprochait des farces.

G. Reynier [10] voyait en elles une des origines du roman
réaliste. W. Söderhjelm [11] leur consacre un chapitre dans
son livre sur la nouvelle. En réalité, *Les Quinze Joies* ne
racontent pas, comme dans un roman, l'histoire d'un couple défini, dans une situation précise, à travers quinze
moments de leur vie. Elles ne narrent pas non plus, comme
des nouvelles, la vie malheureuse de quinze couples différents. Certains thèmes des *Quinze Joies,* comme la femme
surprise en flagrant délit d'adultère (XV) et réussissant à
nier les faits, se retrouvent dans des farces et des fabliaux,
mais le livre n'en est pas pour autant une farce ou un
fabliau. En effet, à travers quinze cas de figures, l'auteur,
reprenant le thème antique des « *molestiae nuptiarum* »,
des ennuis de mariage, a voulu montrer à ceux qui désiraient se marier, non pas forcément les quinze, mais au
moins l'un ou l'autre des quinze malheurs qu'inévitablement ils seraient amenés à connaître. Heureusement, des
généralités l'auteur passe vite aux cas particuliers, d'où la
vérité et le piquant de certains dialogues, d'où le charme de
certaines scènes de la vie conjugale qui, parfois, ont des
accents prémoliéresques. Mais cette volonté didactique et
polémique l'amène à interrompre la peinture la plus alerte
d'une situation par la remarque, toute d'expérience, qu'il
en est ainsi d'ordinaire, « le plus souvent », ou par l'indi-
cation que « d'aventure », dans d'autres cas, « parfois », il
en est autrement. Ainsi, alors qu'il décrit la conduite de tel
type de couples dans tel type de situation, comme la naissance d'un enfant (III), il cherche à indiquer au passage
toutes les variantes possibles. D'où la présence dans ce
genre de récit « typique » d'alternatives proposées, d'épi-
sodes parallèles, de formules globalisantes, du « futur
généralisant » : Il la battra (II), la dame dira (III)...
   Animé du désir de donner à son ouvrage une valeur
universelle, d'en faire une sorte de *traité* original qui sache
agréablement convaincre les lecteurs, l'auteur utilise la
langue de tous les jours, n'hésitant pas à recourir à des
dictons ou à des expressions imagées et plaisantes ; il sait
manier l'ironie et les antiphrases malicieuses, et il évoque

les choses « secrètes » de l'amour sans tomber dans la très grande grossièreté. Voilà pourquoi, suivant l'exemple de Matheolus (cf. le prologue), il a composé « un beau traité » unique en son genre, qui occupe une place à part dans l'histoire du genre narratif.

LE MILIEU, L'ESPACE ET LE TEMPS

La recherche de la date de composition des *Quinze Joies* a déjà montré combien elles s'ancraient difficilement dans une période précise de l'histoire. De même, les indices géographiques proposent-ils d'une manière assez vague une région de France et tel milieu social plutôt qu'un autre.

Les histoires ne se déroulent ni à Paris ni dans une grande ville, mais plutôt en province, dans une petite bourgade, éloignée du tribunal (IV) et située à quelques kilomètres d'un château fort où la famille vient se réfugier en cas de danger (XII). On serait, semble-t-il, dans une région d'obédience royale mais exposée aux chevauchées anglaises, dans l'ouest de la France, par exemple.

Les héros n'appartiennent ni à une cour ni à un milieu chevaleresque épris uniquement de tournois, mais plutôt à la bonne bourgeoisie et à la petite noblesse. On croise dans certains récits des écuyers (V, VI, XI), c'est-à-dire de jeunes nobles qui ne sont pas encore armés chevaliers, et de vrais nobles (XIII) par le sang et par la grandeur d'âme. La plupart des types de maris sont des bourgeois, certains exercent une activité commerciale (I, IV, VII). Si les maris finissent le plus souvent leurs jours dans la misère, si quelques-uns connaissent assez vite des ennuis pécuniaires (I), certains vivent dans une confortable maison, comprenant plusieurs chambres, une salle de réception, des coffres de beau linge brodé (IV), un jardin d'agrément (XI). A côté, une écurie, un poulailler dont les revenus constituent les petites économies de Madame (IV). Quelques couples ont une femme de chambre (III, IV, V, VI, XV) et un ou plusieurs domestiques (IV, VI, VII, VIII). Parfois ils assistent à une représentation dramatique (IV), mais le plus souvent ils ne sortent que pour aller à une fête patronale ou pour participer à un pèlerinage (II, III, VIII, XI).

Le milieu social de nos héros, leur « état », leur « condition », restent aussi difficiles à cerner que le cadre géographique. C. Kasprzyk a même parlé du « statut social ambigu des protagonistes ». En fait, l'auteur n'a pas voulu que ses histoires restent liées à un milieu, à une époque et à une région, afin de donner à sa démonstration une valeur universelle et éternelle. Dès lors, les noms de ses héros et les indices spatiaux et temporels seront chargés d'un sens nouveau.

« Par le non conuist an l'ome » (*Conte du Graal*, v. 560). Le nom permet de connaître l'homme. Or ici pas de nom propre, mais des déterminants peut-être plus porteurs de sens qu'on ne pourrait le croire au premier abord. Traditionnellement, le mari, dans la cellule familiale, reçoit le titre de « seigneur » ; il est le maître de la maison et il exerce le pouvoir de « seigneurie » ; à l'époque, c'est une notion qui n'est guère remise en cause, même dans les débats relatifs au mariage. Or, dans *Les Quinze Joies*, les rares fois où ce titre est conféré au mari, c'est pour mieux nous montrer comment sa femme et ses domestiques font peu de cas de lui (VI). Sa femme l'appelle-t-elle « sire » (cas sujet ou apostrophe en ancien français d'un mot qui donne, au cas régime « seigneur »), c'est moins pour reconnaître qu'il est le maître de la maison que pour exprimer sa colère (VIII) ou pour mieux le berner. Et c'est d'ailleurs en vain que le mari de la neuvième joie rappelle aux siens qu'il est « le seigneur de la maison ». Le mari des *Quinze Joies de mariage*, au bout de quelques années, ne détient plus le pouvoir. Donc, pour nous révéler son être profond, l'auteur préférera les termes de « bon homme », de « brave homme » ou celui de « prudhomme » que nous avons traduit par « cet homme plein de sagesse » ou par ce « respectable benêt », expressions toutes deux ironiques. Ces formules sont des sortes d'épithètes de nature qui dévoilent le parti pris de l'auteur, mais surtout qui nous invitent à ne pas penser d'emblée, que par essence, le mari est bête et stupide (même si sa femme doit finir par le métamorphoser en bête), et nous convient plutôt à nous interroger sur cette conception de la sagesse. Le mari « sage » serait celui qui ayant entendu les conseils de Jean de Meung ferait preuve de résignation, fermerait les yeux et, pour avoir la paix dans son ménage (XIII), céderait à sa femme. *Les Quinze Joies* semblent montrer les effets catastrophiques de ce « pacifisme » masculin, pour reprendre une formule de J. Batany [12].

« Sage » aussi la femme, lorsque fort habilement, grâce à des ruses et à des mensonges, elle sait se sortir d'un mauvais pas. Toutefois, ce n'est pas ainsi que l'auteur la définit. En général, elle est « la dame », « la dame de la maison » (XII), « la maîtresse de la maison » (XVI), celle que le mari consultera toujours avant de prendre une décision, bref celle qui veut « porter les braies » (X), porter la culotte ! La dame, c'est-à-dire la personne qui exerce la domination, le pouvoir de seigneurie. Dépourvus de noms propres, l'homme et la femme portent donc des titres très révélateurs. Les autres personnages qui gravitent autour d'eux n'ont d'intérêt que par la fonction d'adjuvant ou d'opposant qu'ils assument. On notera toutefois que tous, de la femme de chambre au confesseur, en passant par la mère, les « commères », les amies, les cousines et bien sûr les séducteurs, tous prennent le parti de la femme et participent au malheur et à la ruine du mari. Ils se définissent par leur fonction. Inutile de les individualiser.

Si les indices ne nous renvoient à aucun lieu précis de l'espace, à aucun moment déterminé du temps, en revanche, eux aussi, comme les titres donnés au mari et à la femme, sont investis d'une valeur symbolique. Ainsi, point de date mais quelques repères comme « Quant vient la nuit », « Quant vient au matin », et jamais une allusion au soleil ; bien sûr, c'est la nuit que la femme et le mari

connaissent leurs plus grandes joies et donc la nuit que la
femme jouera la comédie, sur l'oreiller, pour obtenir une
toilette ou l'autorisation de partir en voyage avec ses
amies ; c'est aussi la nuit que les jeunes coqs s'introduisent
dans la chambre conjugale, en l'absence du mari ; la nuit
encore qu'en temps de guerre le mari quitte le lieu où il
s'est réfugié pour éviter d'être fait prisonnier et s'en vient
voir les siens, au risque de sa vie. Au mari accablé de
soucis et privé de feu ou de plaisir les « mallez nuiz » (IX),
les mauvaises nuits. La fréquence de l'élément nocturne
convient parfaitement à ce monde où la « mauvaistié » de
la femme engendre le malheur du mari.

Au mari aussi les froidures. L'homme et la femme ne
bénéficient pas des mêmes conditions climatiques. Tandis
que la femme est à l'abri, l'homme — qu'il s'agisse du mari
parti en voyage d'affaires ou de l'amant qui attend dans un
coin du jardin — connaît souvent la pluie, le vent, le froid.
A la maison, le mari doit s'asseoir loin du feu, tandis que
les dames et les enfants se chauffent autour du foyer (IV).
On le voit s'en aller se coucher sans souper, sans feu, tout
mouillé et transi de froid. Si, au début de leur mariage, lui
et son épouse ont bien su accorder leurs « chalumeaulx »,
après de chaudes et passionnées étreintes, au bout de quelques années, parce que la « jeunesse » du mari est fort
« reffroydie » (IV), ce sont la femme et son amant qui
« accordent leurs chalumeaulx » (V). C'est pourquoi, para-
phrasant un titre célèbre de Lévi-Strauss, on pourrait dire
que le mari et la femme appartiennent respectivement au
monde du froid et du chaud.

Ils vivent en outre dans un monde clos. Ceux qui se
marient ont un espace limité, ils sont dans une « nasse ».
Cette image de la nasse, dont nous avons vu l'origine,
revient dans chacune des joies, comme un leitmotiv lanci-
nant. Cette nasse est une « chartre », une prison comme le
dit clairement le prologue, une « estroite » prison ; lorsque
ceux qui ont voulu se marier y ont pénétré, une énorme
porte de fer munie de grosses barres retombe derrière eux.
Curieusement, on retrouve là le motif du « château aux

portes retombantes », si fréquent dans les romans de Chrétien de Troyes. Cependant, Gauvain et les chevaliers
d'Arthur sortiront de leur « douloureuse chartre », et dans
Le Chevalier au lion, Yvain redonne la liberté aux jeunes
filles retenues prisonnières dans le château de Pesme
Aventure. En général, dans ces textes romanesques, « toz
ces qui sont pris a la trape/El rëaume don nus n'eschape »
(*Le Chevalier à la charrette,* v. 1935-36), tous ceux qui sont
retenus prisonniers dans un lieu dont, en vertu d'une
vieille et diabolique coutume, nul ne peut s'échapper, tous
peuvent espérer un jour en sortir, grâce à un héros investi
d'une mission libératrice. Hélas ! ceux qui sont dans la
nasse de mariage ne pourront jamais recouvrer leur liberté,
découvrir d'autres espaces. Les liens du sacrement de
mariage les condamnent à y demeurer jusqu'à leur mort. Et
peut-être pourrait-on dire du couple, scellé par les liens
sacrés du mariage, qu'il est en la « chartre Nostre-Sei-
gneur », comme le dit la dame de la neuvième joie à propos
de son mari, prétendument retombé en enfance, comme,
semble-t-il, on le disait du fou qui, ayant perdu la raison,
est totalement abandonné à la miséricorde divine. Dieu, ne
l'oublions pas, et le prologue est là pour nous le rappeler,
ouvre les portes du paradis à ceux qui ont souffert sur cette
terre : « Nous sommes en ce monde pour faire des actes de
pénitence, pour porter notre croix et mortifier la chair afin
de mériter le paradis. »

Enfermé dans cette « chartre », le mari est victime de
tout objet qui, de près ou de loin, ressemble à une nasse.
Ainsi, dans la sixième joie, les malheurs du mari sont-ils
liés à un coffre renfermant nappes blanches et brodées dont
Madame aurait perdu les clefs.

Paradoxalement, les joies et surtout les malheurs du
couple, enfermé dans le monde clos de la nasse de mariage,
viennent en partie de leur demeure ouverte sur le monde
extérieur et qui, de ce fait, permet des échanges entre la
cellule familiale et le monde du dehors. Pendant que le
mari s'absente pour ses affaires, un écuyer passe par une
fenêtre ou par une porte de derrière pour rejoindre sa

femme, les « commères » viennent festoyer chez lui et vider ses bouteilles de vin. Malheur à lui s'il invite des relations d'affaires (VI) à franchir le seuil de sa demeure, il ne pourra les recevoir correctement. Malheur à lui si sa femme quitte la maison pour se rendre à une fête patronale ou à un pèlerinage, elle aura mainte occasion de le tromper et de dépenser l'argent du ménage. Malheur à lui s'il quitte la maison pour faire son devoir d'homme d'honneur ou pour partir en croisade (XIII), sa femme le croyant mort se remariera.

Prisonniers de la nasse de mariage, il est vrai à des degrés différents, la « dame » et le brave homme « plein de sagesse », après quelques années de bonheur, entrent en guerre.

LA BELLE ET LA BÊTE

De cette « guerre » (IX) des sexes, la femme sort toujours vainqueur. Sans doute recourt-elle à la ruse, mais sa ruse est constamment servie par un indéniable don d'élocution et plus précisément par un talent réel de la persuasion. Une fois mariée, même si elle a fait un mariage d'amour, la dame entend bien être la « maîtresse », ne pas être une esclave et profiter de la vie, connaître le plaisir, tous les plaisirs. Elle saura, s'il le faut, faire sonner bien haut le nom qu'elle porte. Mais peu lui importe le lignage. Alors que, dans le droit fil de la tradition, le mari songe à bien gérer le patrimoine familial pour le transmettre à ses enfants, la femme, loin d'être heureuse lorsque l'enfant paraît, va jusqu'à regretter qu'il ne soit pas mort (III). Quant aux problèmes financiers, elle ne veut pas y songer, ils lui donnent mal à la tête (III) ! Elle veut sortir, faire la fête, être bien habillée, avoir des amants.

Non contente de le tromper, elle ne cesse de harceler le

brave homme, d'exiger de lui qu'il s'occupe du ménage, qu'il lui prépare un « brouet » (III), qu'il aille lui chercher des plats rares. Ces tâches domestiques s'ajoutent aux charges de son métier, quel qu'il soit. Il n'a qu'une préoccupation : trouver de l'argent pour satisfaire les caprices de sa femme et rembourser ses dettes ou sauvegarder le patrimoine. Accablé par ses soucis, il n'arrête pas, il « trotte » (IV) sans arrêt, incapable d'élever la moindre protestation. Surmené, il a abdiqué toute personnalité, il « est transfiguré en une beste sans enchantement » (VII), il est métamorphosé en bête sans avoir recours à quelque potion magique, comme dans les contes ou les *Lais* de Marie de France. On dirait « un cheval fourbu de fatigue » (IV) ; il est aussi endurci « qu'un vieil âne habitué à sentir l'aiguillon » (IV) ; sa femme (III) l'a si bien « dompté » qu'on pourrait, tel un chien, le mener en laisse garder les brebis (III) ; si bien dompté qu'il est d'« aussi bonne composition qu'un bœuf tirant une charrue » (XII). Dans cette entreprise de dressage, la dame a bénéficié de l'appui de ses amies qui l'ont aidée à « embrider » son mari (XV), sous prétexte qu'il était « fort en gueule », ce que l'on ne voit guère. Le voici qui ressemble à un vieil ours muselé sans dents, attaché par une grosse chaîne de fer, un ours de foire sur lequel on monte à cheval et que l'on bat avec une grosse barre de bois (XIV). Maintenant, on peut l'envoyer « paître l'herbe » (VII). Mais la dame est-elle seule responsable de cette métamorphose ?

Assurément, même si le mari semble parfois fou, il ne l'est pas (III). Toutefois, il est peut-être « cause de sa honte » (II). Aveuglé par son amour, n'a-t-il pas manqué de fermeté en acceptant de satisfaire tous les caprices de sa femme ? Ensuite n'a-t-il pas eu tort de se résigner trop vite pour ne pas susciter de disputes (IV), adoptant une attitude pacifique comme le conseillait Jean de Meung ? Surtout n'a-t-il abdiqué peu à peu sa personnalité en se laissant dévorer par son travail et ses problèmes financiers ? Voilà pourquoi, pour ainsi dire privé de parole et de pensée, il ne se soucie que de continuer à vivre. La femme n'est donc pas la seule responsable de cette métamorphose en bête de l'homme plein de sagesse. A lui aussi incombe une part de fautes.

CATÉCHISME AMORAL À L'USAGE DES FEMMES

On a souvent vu dans *Les Quinze Joies* une satire des femmes. Il est vrai que l'auteur a repris plusieurs lieux communs de l'antiféminisme. La dame est autoritaire, dépensière, capricieuse, menteuse, hypocrite, frivole, coquette, sensuelle, « gloute » (IX), infidèle, jalouse et rusée. Elle ne s'occupe pas de sa maison (IV), mal de ses enfants : elle les bat (IV) ou elle les dresse contre son mari (IX). Elle contraint son mari à se dépenser sans compter pour la servir, mais, contrairement à la dame courtoise, elle lui impose des épreuves sans pour autant lui donner ensuite des preuves d'amour. Les épreuves se transforment en tortures pour le mari qui n'est plus aimé de sa femme coquette et cruelle (IX).

Cependant, l'auteur nous montre des femmes victimes : le jeune tendron (XI) qui ne saurait comment elle est tombée enceinte a peut-être été victime d'un viol, fréquent à l'époque, comme on l'a vu. La veuve qui s'est remariée, croyant son premier mari mort à la guerre, se voit, après le retour du prisonnier, abandonnée par le second mari qui pourtant s'était donné du bon temps avec elle (XIII).

Aux femmes qui seraient victimes ou dans une situation délicate, *Les Quinze Joies* présentent une sorte de catéchisme amoral expliquant les commandements à suivre pour remporter la victoire. On y apprend comment une mère doit faire pour marier sa fille tombée enceinte ; comment une jeune fille bien élevée doit se comporter pour se faire épouser de celui dont on veut faire son mari ; comment une fille jeune qui a perdu sa virginité doit « jouer » la nuit de ses noces ; comment se faire offrir d'un soupirant la robe que le mari refuse de vous acheter ; comment donc être une femme entretenue tout en restant une dame respectable ; comment, lorsque votre mari vous a prise en flagrant délit, lui prouver votre innocence en parodiant les serments ambigus d'Yseult, en invoquant tous les saints et en faisant appel au confesseur (XV).

Cette lecture ne correspond évidemment pas au dessein de l'auteur, qui ne dépeint ces agissements que pour mieux nous démontrer les dangers du mariage. Néanmoins, certains passages permettent cette lecture ; ils font souvent sourire, et, par exemple, la peinture de certaine liaison, dangereuse pour le mari mais pleine d'avantages pour la dame et sa femme de chambre, constitue un véritable petit chef-d'œuvre (V). En tout cas, si parfois la femme, comme le dit l'héroïne de *La Belle Dame sans merci* d'Alain Chartier (début du XVᵉ siècle), peut être trompée par les beaux discours des amants, elle prend bien sa revanche dans *Les Quinze Joies*. Une revanche qui serait « à la louenge des femmes » (conclusion), à en croire l'auteur !

LES JOIES ÉPHÉMÈRES DU MARIAGE

Paradoxalement, alors que *Les Quinze Joies de mariage* s'inscrivent dans un courant antimatrimonial, leur auteur n'est pas hostile au mariage. Il l'a dit et répété dans le prologue : « Je ne les blasme pas de soy metre en mariage et suy de leur oppinion et dy qu'ilz font bien », comme dans la conclusion : « Je ne veil pas dire qu'on ne face bien de soy marier. » Les raisons qu'il donne évoluent quelque peu entre le début et la fin de l'ouvrage. Dans le prologue, il considère que les hommes ont raison de se marier parce qu'assurément ils connaîtront les souffrances, celles qu'il faut souffrir sur terre pour mériter le paradis. A la fin, l'argument est d'un autre ordre : les hommes ont raison de se marier parce que sans les femmes « ilz ne savroient ni ne pourroient vivre ». Notre auteur, à mon avis, redirait bien comme Panurge les paroles de l'Ecclésiaste (IV, 9) : « Mieux vaut vivre à deux que seul » ; Panurge assurera qu'il ne peut pas plus se passer de femme qu'un aveugle de « baston » (Tiers Livre, chap. IX).

Ceux qui sont maris et femmes, dans *Les Quinze Joies,* ont voulu entrer dans la nasse du mariage. Point de mariage imposé par les parents. Tous les couples ont connu des moments plus ou moins longs de bonheur (I, III, VIII, IX, XIII, XIV). Le jeune veuf de la quatorzième joie connut même un grand bonheur avec sa première femme, une belle jeune femme douce et gracieuse, loyale, plaisante et patiente. Pendant deux ou trois ans ce fut la folle passion, puis un jour la mort mit un terme à ce bonheur qui, probablement, si la femme avait survécu, se serait évanoui à son tour. En effet, lorsque s'apaise le grand amour, lorsque l'on se soucie d'autre chose que d'aimer, on tient alors la nasse comme une prison d'où l'on n'a plus le droit de sortir. Et le bonheur de disparaître. On peut être heureux dans une nasse dans laquelle on décide de cacher son bonheur, non dans une prison dont il est interdit de sortir. Et lorsque l'auteur affirme : « Il n'est pas raison que gens qui sont en prison vivent a leurs plaisirs, car si ainxin estoit, ce ne seroit pas prison » (XIV), loin de voir là, comme J. Rychner dans la préface de son édition (p. XXI) « un système... tellement implacable qu'il nie la réalité », « une thèse qui infirme le mariage heureux », cette affirmation nous semble bien plutôt une constatation tirée des faits : le bonheur peut exister dans le mariage, tout au moins pendant un certain temps, mais il n'est pas de mariage heureux qui dure toute la vie. Pourquoi donc ceux qui se marient sont-ils voués au malheur ? Est-ce la faute des femmes ? Non, précise l'auteur dans sa conclusion. Il se déclare même prêt, si l'une d'elles l'en priait, à composer un livre semblable dans lequel il les défendrait et écraserait les hommes. Si l'antiféminisme n'est point le mobile profond de notre auteur que veut-il faire passer à travers *Les*

Quinze Joies de mariage ? La réponse peut se dégager de la structure interne des *Quinze Joies.*

STRUCTURE INTERNE DES « QUINZE JOIES »

On a souvent critiqué la composition des *Quinze Joies de mariage.* Pour W. Söderhjelm, « la technique de la composition dans *Les Quinze Joies* est généralement peu compliquée, et rien n'indique qu'elle ait été réfléchie et pesée d'avance ». J. Rychner affirme que « l'auteur ne se soucie guère de composition ». Et, cependant, en y regardant de près, il me paraît possible non seulement dans certaines joies de découvrir une composition répondant à la logique du récit de C. Brémond [13], par exemple, mais encore de découvrir une architecture de l'ensemble qui révélerait le dessein caché de l'auteur.

Il convient de remarquer qu'une architecture assez simple, d'ordre chronologique, semble s'imposer à la lecture des neuf premières joies. En effet, le couple, entré librement dans la nasse, connaît une crise après une période plus ou moins longue de bonheur. Les couples des *Quinze Joies* n'ignorent pas, comme le héros des romans courtois, les embarras pécuniaires. Celui de la première joie a dû acheter lit et chambre, refaire le pignon de la grange. Or le malheur du mari vient de ce que, dans une situation financière peu florissante, lui, jeune et encore vert et sans enfant, n'a pas su, un soir, refuser à sa femme l'achat d'une belle toilette pour qu'elle soit à la dernière mode. Pour lui acheter sa robe, il s'endette. Dès lors, il est pris dans un engrenage : ses difficultés financières ne cesseront de s'accroître. Quant à la femme, loin d'être pleinement heureuse après cet achat, elle ne sera jamais satisfaite. L'harmonie du couple disparaît, et le brave homme sombrera désormais dans la misère morale et la pauvreté.

La deuxième joie vient à sa place chronologique : le couple est toujours jeune et sans enfant. Mais Madame, qui maintenant « se sent richement habillée », a envie d'exhiber ses toilettes et de sortir. Réticent au départ, le mari se laisse convaincre et autorise sa femme à quitter la demeure familiale pour participer à des bals et à des fêtes. Malheureusement pour lui, ces sorties vont lui coûter cher, de plus en plus cher ; en la laissant sortir, il ouvre inconsciemment la porte aux jeunes coqs qui courent les lieux où l'on s'amuse. Leur présence va le rendre jaloux, maladie inguérissable. A ses difficultés financières vient donc s'ajouter la souffrance morale.

Les malheurs qui se succèdent en cascade dans ces deux premières joies illustrent l'analyse de C. Brémond. En effet, l'achat de la nouvelle robe et la permission de sortir qui correspondent à une phase d'amélioration dans les rapports du couple vont permettre le processus de dégradation, parce qu'ils ne sont que des états « relativement » satisfaisants.

La troisième joie nous fait franchir une nouvelle étape : le couple attend un enfant. Et avec l'annonce de cette première « nativité » s'ouvre pour le mari la perspective d'une nouvelle joie. En effet, inquiet pour la santé de sa femme, le mari se met à satisfaire tous ses caprices, sans lésiner sur les prix. Résultat, l'argent file ; l'homme s'endette, restreint son train de vie pour augmenter celui de sa femme. Le voici sur le chemin qui conduit à la misère et à la pauvreté. Et comme, pour ne pas la tourmenter pendant la grossesse et après l'accouchement jusqu'à la fête des « relevailles », il prend l'habitude de dire « oui » à tout, il devient un être « dompté » qui va se surmener et user sa santé et son argent pour lui faire plaisir.

A partir de la quatrième joie, avec les années, l'homme a vieilli ; sa jeunesse « s'est refroidie », tandis que sa femme est toujours aussi ardente et assoiffée d'amour. Qui plus est, elle appartient à un lignage plus élevé, à une grande famille, dirions-nous. Le jour donc où le mari « dompté » tente de secouer le joug, la femme, au nom du lignage, le fera taire. Seul contre tous, le mari est malheureux, et malheureux il finira ses jours.

La cinquième joie développe cette situation ; le mari, froid avant l'âge et époux d'une femme appartenant à un milieu plus élevé que le sien, est, en plus, avare et « chiche ». La femme, pour obtenir ce qu'elle désire, ou bien se refuse à son mari, en simulant la femme frigide, ce qui ravit d'aise le mari qui croit trouver une garantie de vertu dans cette répugnance, ou bien elle va ailleurs chercher fortune, au sens propre et au sens figuré. Cependant le mari, malgré son avarice, sera contraint d'assumer les dépenses de sa femme et il se ruinera peu à peu. Comme un jour viendra où, qu'il l'ait voulu ou non, il apprendra ses déboires conjugaux, il deviendra jaloux et connaîtra une triste fin de vie.

La sixième joie dévoile les malheurs d'un mari « qui a déjà enduré toutes les peines et les fatigues évoquées précédemment » et dont la femme est plus jeune et surtout très capricieuse. Alors que, pour sa réussite financière, le mari aurait besoin d'une femme qui sût remarquablement accueillir ses relations d'affaires, alors que, pour la paix de son cœur, il préférerait ne plus voir un certain écuyer s'entretenir avec elle, elle fait exactement le contraire de ce qu'il attend. Elle offre un visage souriant à l'écuyer et refuse de recevoir les amis de son mari. Échec donc pour le mari et sur le plan financier et sur le plan sentimental.

Dans la septième joie, le mari n'est plus en état physique de « livrer » à sa femme la « ration » qu'elle attend toujours avec autant d'avidité. Mais, en plus, il est incapable de lui tendre correctement un piège. Aussi sa femme, plus sage parce que plus avisée et plus rusée, lui fera-t-elle prendre le paraître pour la vérité, en multipliant les serments ambigus. Conclusion : le mari rend Fortune responsable de sa pauvreté et traite en ennemi l'ami charitable qui avait tenté de lui ouvrir les yeux. Ce sera donc l'échec sur le plan sentimental mais aussi sur le plan financier, car le mari devra financer et le péché et l'absolution ; l'argent du ménage disparaîtra dans la bourse et des amants et du confesseur.

La huitième joie donne l'impression de nous faire avancer encore dans le temps : la dame attend une nouvelle fois un enfant. Le mari, déjà bien dompté, continue à s'inquiéter de la santé de sa femme. Lui, comme elle, fait le vœu de partir en pèlerinage si l'accouchement se passe bien. La naissance se déroule sans incident. La dame, encouragée par ses amies, ne songe bientôt plus qu'à partir en pèlerinage. (Et autrefois déjà les pèlerinages, comme les cures de nos jours, sont d'excellentes occasions de se distraire, lorsqu'on ne pense pas à prier ou à se soigner !) Le mari, malgré ses charges et son travail, ira donc dès maintenant en pèlerinage. La joie décrit, avant, pendant et après le pèlerinage, le calvaire du mari qui va, pour satisfaire les caprices de sa dame, ruiner et sa santé et sa fortune, si maigre soit-elle.

La neuvième joie nous situe vers la fin de la vie d'un couple. Voici « vingt ou trente ans ou plus » qu'ils sont en « guerre ». Le mari, jugé « sage » par ses amis et par l'auteur, a réussi à demeurer le chef victorieux dans son ménage ; il a accru le patrimoine familial ; mais, un jour, brusquement, il devient impotent, sans être gâteux. Or il n'a pas encore fait son testament, et les siens ont peur qu'il ne lègue des biens à l'Église. Par cupidité, ils décident d'empêcher ses amis de le voir et le font passer pour un vieillard retombé en enfance. Il est mis « en tutelle ». A la cruauté physique s'ajoute la cruauté mentale : on veut lui prouver qu'il souffre parce qu'il a « péché ». Voici donc ce pauvre homme condamné à la réclusion jusqu'à la fin de ses jours.

Si la composition des *Quinze Joies* répondait à un critère d'ordre chronologique, l'ouvrage devrait s'arrêter après cette neuvième joie. Or il n'en est rien, et l'on retrouve un jeune marié dans la onzième joie et un mari jeune et heureux dans la quatorzième joie. L'ordre chronologique n'a donc pas déterminé la structure de l'ouvrage.

On découvrira peut-être le secret de la composition de

l'œuvre en faisant le tour des raisons qui engendrent les malheurs d'un être marié. Si ses malheurs dans un premier temps lui sont imputables, petit à petit la société et la religion apparaissent comme grandement responsables de ses maux. Dans les trois premières joies, c'est l'excessive bénignité du mari qui, comme nous l'avons vu, permet la dégradation de la situation initiale : il ne sait pas dire non à sa femme, il est trop passif, trop pacifique. Dans les trois joies suivantes (IV, V, VI), les différences de tempérament, d'âge et de milieu font tout basculer et empêchent le couple de continuer à être heureux. Unir deux êtres d'âge et de lignage différents, c'est vouloir « accorder contre nature et raison » (V). (La quatorzième joie, consacrée aux malheurs du remariage, confirmera ce point.) Le mari est encore en partie responsable de ses maux, mais on voit intervenir un facteur social important : le rôle du milieu familial.

Apparemment, ce sont les différences d'esprit qui engendrent la crise dans la septième joie : le mari n'a pas le don de convaincre que possède au plus haut point sa femme. Mais, en vérité, il faut quitter le cycle des différences et aller au-delà des apparences ; on constate alors la fonction des serments dans l'évolution du couple et le dénouement de la crise. A une époque où, dit-on, le parjure conduit à l'Enfer, le mari croit sa femme qui, coupable en réalité, multiplie les serments et se déclare prête à subir l'ordalie par le feu, pour prouver son innocence.

Au milieu de l'œuvre, les malheurs du mari sont donc directement liés à la confiance qu'il accorde aux serments. On voit d'ailleurs souvent le mari croire tous ceux qui, sous la foi du serment, lui affirment que sa femme est innocente (VII, V, XV). Il sera victime des serments de sa femme, des parjures des amies et même des propos trompeurs du cordelier-confesseur (XV).

Berné par les faux serments il voit en outre ses malheurs croître et son esclavage augmenter, du fait des pèlerinages (VIII). Pour l'empêcher, par testament, de faire un don à l'Église, on le met en tutelle (IX). Vraiment, ce pauvre mari, cet homme plein de sagesse, semble victime de tout ce qui, de près ou de loin : serments, pèlerinages, dons à l'Église, appartient au monde religieux.

Les dixième, onzième et douzième joies, abordent le problème de l'infrangibilité du mariage. Impossible de se séparer, à la suite d'une longue période de mésentente, même lorsque l'homme et la femme sont d'accord pour une telle solution (X). Impossible au mari victime d'une tromperie de répudier sa femme, de refaire sa vie et d'avoir des héritiers. Impossible de dénouer les liens du mariage, même lorsque le mari, prisonnier pendant plusieurs années découvre au retour que sa femme, se croyant veuve, s'est remariée. L'impossible séparation découle du caractère indissoluble du mariage. C'est l'institution qui est en cause.

Avec les douzième et treizième joies, les maux viennent d'ailleurs : des guerres, des tournois, des croisades. Lorsque la guerre déferle sur le pays, ou bien la mari s'engage et il risque alors soit de mourir, soit d'être fait prisonnier et de devoir payer une forte rançon pour recouvrer la liberté (XII), entraînant les siens dans la misère ; ou bien, écoutant sa femme, il ne part pas : soit il reste chez lui, mais sa femme qui n'a pas besoin de le savoir à la guerre pour recevoir ses amants l'enverra, afin d'être libre, faire le maximum de corvées, à n'importe quel moment ; soit il se cache, mais, pour faire vivre les siens, il va se ruiner et user sa santé. Le mari part-il en croisade (XIII) pour « acquérir honneur et vaillance », il risque, s'il n'est pas tué, d'être fait prisonnier, de passer pour mort et de trouver, à son retour, sa femme remariée. Voilà où lorsqu'on est un homme d'honneur conduisent les voyages outre-mer, nom donné alors aux croisades. En temps de paix, si le mari participe à des tournois ou à des duels judiciaires, il ne rencontrera pas le bonheur (XIII). Ici, ce n'est pas Dieu qui accorde la victoire à celui qui le mérite, c'est Fortune qui décide. Résultat, « celuy qui a droit est vaincu et celuy qui a tort a victoire ». C'est le monde à l'envers. Les traditions militaires conduisent le mari noble au malheur et à la pauvreté.

L'auteur de la quatorzième joie abandonne, semble-t-il, les sujets brûlants et revient au thème moins audacieux de l'antiféminisme, en peignant les dangers du remariage. Un homme jeune épouse-t-il une veuve entre deux âges, elle va faire de lui un « ours emmusellé » et surtout l'épuiser physiquement, car la « jeune chair » de son époux la rend « gloute ». Le pauvre y laisse sa santé sans pour autant y trouver le bonheur. Si un veuf âgé épouse une femme jeune, elle le trompera ; véritables « chien » et « chat », ils se disputeront et dilapideront les biens du ménage. Mais l'audace de l'auteur réapparaît dans la quinzième joie. Le mari, époux de la femme la plus dévergondée qui soit, se retrouve mis au banc des accusés en vertu de serments, véritables parjures et blasphèmes. Le mari a surpris dans la chambre conjugale les amants, mais l'amant, comme Lancelot surpris avec la reine Guenièvre dans *La Mort du Roi Artur,* a réussi à s'enfuir. Une des amies ne manque pas de rappeler que voir deux êtres l'un près de l'autre ne prouve pas qu'ils aient fait « mal ». Et l'on songe au roi Marc qui, découvrant dans la forêt de Morois Tristan et Yseult endormis, s'appuie sur les plus petits détails vestimentaires pour se prouver à lui-même qu'il ne s'est rien passé. Victime, le brave homme, tenu de plus en plus par la bride, finira ses jours dans la douleur physique et morale et dans la pauvreté.

L'antiféminisme de façade que nous avions constaté cacherait donc des positions audacieuses. Après s'être déclaré non-adversaire du mariage, après avoir rappelé à maintes reprises que, dans la nasse, au début, on peut être heureux, l'auteur rend société et religion responsables des malheurs de ceux qui se marient. L'hostilité de l'auteur au mariage ne me paraît point la conséquence logique de son antiféminisme — conclusion de R. Dubuis —, mais l'antiféminisme devient un paravent qui masque ses audaces. On comprend que, dans sa conclusion, lorsque l'on interrogeait l'auteur sur les « remèdes » possibles, il ait répondu évasivement et qu'il ait conclu « orendroit je me tais ». Comment, à l'époque, compte tenu des mentalités, oser revendiquer le droit de quitter son conjoint et de se remarier, comment oser demander le droit de sortir d'un couvent ou d'abandonner la prêtrise ? Comment surtout, tout à la fois, défendre le principe du mariage et démontrer que les malheurs d'un couple viennent moins des êtres humains, moins de la femme malgré les apparences, que des interdits religieux, des institutions et de la société ?

LE SUCCÈS DES « QUINZE JOIES DE MARIAGE »

Quel accueil les contemporains ont-ils réservé à cet ouvrage ? Au-delà des notations antiféministes et antimatrimoniales, ont-ils perçu le cri de révolte contre toute nasse dont on ne peut sortir ? Ont-ils vu les véritables principes corrupteurs dénoncés par l'auteur ?

Les auteurs qui explicitement font allusion aux *Quinze Joies de mariage* retiennent le plus souvent de l'ouvrage la mise en scène des ruses féminines. Ainsi, au milieu du xvᵉ siècle, Antoine de la Sale, cherchant à décrire aux fils de Saint-Pol ce que peut devenir un mariage, s'inspire de la première joie dans un chapitre de sa lourde somme pédagogique, *La Sale*. Vers 1460, dans les *Cent Nouvelles nouvelles*, un « bon jaloux », désireux de connaître toutes les roueries féminines, consulte *Les Quinze Joies* après les *Lamentations de Matheolus* et l'œuvre de Jean de Meung.

Sensible à la veine réaliste et aux qualités dramatiques des *Quinze Joies de mariage*, Nicolas de Troyes, en 1535, rend à sa manière hommage à l'auteur : il achève en effet son *Grand Parangon des Nouvelles nouvelles* en racontant une histoire composée de fragments des six premières joies. A Paris, un bon et riche marchand a épousé une « fort honnête femme » qui, avant son mariage, avait fait « quelque petit eschapillon » (V). De plus haut « lignage » que lui, elle veut se montrer jolie et gaie, car elle aime qu'on lui fasse la cour et elle sait que « joly et gay maintien de femme donne hardiesse à couart » (II). Bien habillée, après avoir joué la comédie, elle parvient à avoir le droit de partir en pèlerinage, non à Notre-Dame du Puy mais à « sainct Troctet ou à sainct Foutet ». Peu de temps après, elle est « grosse », ne veut que des « mets nouveaulx » (mets nouveaux) (III) et se montre tyrannique. Après les festivités des relevailles, le mari, afin de payer les frais, part pour Rouen réclamer de l'argent à l'un de ses débiteurs. Les habits démodés du maître et de son valet traduisent comme dans la quatrième joie la décrépitude du mari, obsédé par la pensée de son ménage. Au retour, alors qu'il est bien crotté et bien mouillé, il ne peut aller chercher du bois et des fagots, parce que la dame prétend qu'elle a perdu les clefs (VI). « Et voilla comme d'aulcunes femmes traictent leurs maris », conclut l'auteur avant d'ajouter qu'elles mériteraient qu'on leur frotte l'échine avec un gros bâton. Nicolas de Troyes a donc introduit un lien logique et chronologique entre certaines situations décrites et il a souligné plus nettement que l'auteur des *Quinze Joies* le rôle néfaste des pèlerinages.

Les poètes du XVᵉ et du XVIᵉ siècle [14] qui, sans nommer *Les Quinze Joies de mariage*, chantèrent le mariage s'insèrent le plus souvent dans un courant antiféministe : Jean d'Ivry, dans ses *Secretz et Loix de mariage*, déclare pour conclure :

> En femme y a grant dangier.
> ... Des folles je parle et explique
> Icy sans les saiges blasmer.

Beaucoup plus tard, en 1573, Desportes, dans ses *Stances du mariage*, recensera, à la manière de l'auteur des *Quinze Joies de mariage*, toutes les misères de l'homme marié, que sa femme soit jeune ou vieille, séduisante ou laide, riche ou pauvre.

Au lieu de mettre en relief tous les griefs du mari contre la perversité féminine, *Les Ténèbres de mariage* (1546) pleurent surtout la perte de la liberté et la *Complainte du nouveau marié* réaffirme la supériorité de la vie monastique sur la vie conjugale et crie aux futurs époux :

> Dehors, nassiez de ceste nasse,
> Dehors ou vous estes perdus.
> ... Endurer c'est bien maulgré moy
> Que je l'endure, c'est contraincte
> Car je vous jure sur ma foy
> La joye que je fais est faincte.

L'auteur du *Danger de se marier* préfère vanter les charmes du « libre célibat ». Ces poètes, on le voit, ne défendent pas le principe du mariage.

Il faut, semble-t-il, attendre 1595 pour entendre François Le Poulchre [15] tout à la fois déclarer qu'« il n'y a félicité au monde (je le sais par expérience) qui égale celle d'un bon mariage » et déplorer qu'en cas de mésentente, on ne puisse sortir de « sy estrange servitude que par la mort de l'autre » puis ajouter : « Le libelle de répudiation et le divorce des Romains serait bien plus tolérable à l'un et à l'autre sexe. » Au XVIᵉ siècle, on aborde ouvertement le problème du divorce [16]. Au début du XVᵉ siècle, l'auteur des *Quinze Joies de mariage*, en avance sur son temps, pouvait à peine l'effleurer.

L'originalité des *Quinze Joies de mariage* est d'avoir mis l'accent moins sur un problème humain que sur un problème de société. Le livre s'inscrit moins dans le courant antimatrimonial que dans la satire sociale et religieuse.

---

1. *Œuvres complètes de Rutebeuf,* éditées par E. Faral et J. Bastin, t. II, p. 247.
2. Étienne fut nommé à Canterbury par Innocent III en 1206. Notre auteur aurait-il connu ce texte ?
3. H. Suchier : *Les Quinze Joies Nostre-Dame, Zeitschrift für romanische Philologie,* XVII, 1893, p. 282-285.
4. J. Ribard : *Littérature et Symbolisme,* Champion, Paris, 1984, p. 27.

5. L'auteur attribue à tort dans le prologue cette réponse à Valère.

6. J. BATANY : *Approches du Roman de la Rose*, Bordas Études, Paris, 1973, p. 62.

7. Don Jean Leclerq a prouvé que les moines du XII° siècle croyaient à la possiblité et à la réalité de l'amour dans le mariage. Cf : *Le Mariage vu par les moines au XII° siècle*, Éd. du Cerf, Paris, 1983.

8. G. DUBY : *Le Chevalier, la Femme et le Prêtre*, Le mariage dans la France féodale, Hachette, Paris, 1981.

9. R. PERNOUD : *La Femme au temps des cathédrales*, Stock, Paris, 1980.

10. G. REYNIER : *Les Origines du roman réaliste*, Paris, 1912.

11. W. SÖDERHJELM : *La Nouvelle française au XI° siècle*, Paris, 1910.

12. *Op. cit.*, p. 69.

13. C. BRÉMOND : *La Logique des possibles narratifs*, Communications 8, p. 60.

14. *Recueil de poésies françaises des XI° et XII° siècles...* réunies et annotées par A. de Montaiglon, Paris, 1855, 4 vol.

15. Fr. LE POULCHRE : *Le Passe-temps de M. de la Motte-Messemé dédié aux amis de la vertu*. A Paris, Jean Le Blanc, 1595 (B.N., Résy °. 2039 in-8°).

16. Consulter à ce propos l'ouvrage de Madeleine LAZARD : *Images littéraires de la femme à la Renaissance*, Paris. P.U.F., 1985.

Table des matières

ACHEVÉ D'IMPRIMER
LE 20 FÉVRIER 1986
SUR LES PRESSES DE
L'IMPRIMERIE HÉRISSEY
À ÉVREUX (EURE)
POUR LE COMPTE DES
ÉDITIONS STOCK
14, RUE DE L'ANCIENNE-
COMÉDIE, PARIS-6ᵉ

Imprimé en France

N° d'édition : 9
N° d'impression : 38906
Dépôt légal : mars 1986
54-23-3576-01
ISBN 2-234-01936-2